2021
中国少数民族
文学之星丛书

掉在碗里的月亮说

沙冒智化 著

作家出版社

编委会名单

主　任：邱华栋
副主任：彭学明　黄国辉
编　委：
霍俊明　付秀莹　颜　慧　刘大先　舒晋瑜
周　芳　杨玉梅　陈　涛　刘　皓　李　婧

以民族的情意，打造文学的星辰
——"中国少数民族文学之星"丛书总序

邱华栋　彭学明

"中国少数民族文学之星"丛书是中国作家协会少数民族文学发展工程的一个新项目，于2018年开始实施，由中国作家协会创作联络部具体组织落实。出版"中国少数民族文学之星"丛书的目的，是重点培养少数民族文学中青年作家，打造少数民族文学精品，为那些已经在少数民族文学界和全国文学界成绩斐然、广有影响的少数民族中青年作家再助一力，再送一程，从而把少数民族文学最优秀的中青年作家集结在一起，以最整齐的队伍、最有力的步伐、最亮丽的身影，走向文学的新高地，迈向文学的高峰，让少数民族文学的星空星光灿烂，少数民族文学的长河奔流不息。以文学的初心，繁荣民族的事业；以民族的情意，打造文学的星辰。

入选"中国少数民族文学之星"丛书的作家，必须是年龄在50岁以下的、在少数民族文学界和全国文学界广有影响的少数民族作家。不管是否出版过文学书籍，只要其作品经过本人申请申报、各团体会员单位推荐报送、专家评审论证和中国作协书记处审批而入选的，中国作协将在出版前为其召开改稿会，请专家为其作品望闻问切，以修改作品存在的不足，减少作品出版后无法弥补的遗憾。待其作品修改好后，由中国作协统一安排出版，并进行广泛的宣传推广。

中国是一个多民族的大家庭。每一个民族都沐浴着党的民族政策的光辉、感受着党的民族政策的温暖，都在党的民族政策关怀下，蓬勃发展，欣欣向荣。在这个伟大的新时代，我们正创造着中华民族的新辉煌。每一个民族的发展与巨变，每一个民族的气象与品质，都给我们提供了生生不息的创作源泉。我们每一个民族作家，都应该以一种民族自豪感，去拥抱我们的民族，以一种民族责任感，为我们的民族奉献。用崇高的文学理想，去书写民族的幸福与荣光、讴歌民族的伟大与高尚，以文学的民族情怀，去观照民族的人心与人生、传递民族的精神与力量。

我们期待每一位少数民族作家，都能够到火热的生活中去，到广大的人民中去，立心，扎根，有为，为初心千回百转，为文学千锤百炼，写出拿得出、立得住、走得远、留得下的文学精品。不负时代。不负民族。不负使命。

目 录

灵魂里绽开的奇异诗行　　次仁罗布　/1

第一辑　　菜单上的光辉写在一幅唐卡上

　　　　厨房诗　/3
　　　　听客人　/5
　　　　锅与勺　/6
　　　　炸羊排　/8
　　　　厨房私语　/10
　　　　锅里的天　/11
　　　　加满水　/12
　　　　厨房记　/13
　　　　不要着急煮熟大米　/15
　　　　让水吐一口蒸汽　/17

厨房经　/18

这道菜很好玩　/20

乌龟和海螺都没有翅膀　/21

掉在碗里的月亮说　/23

最可耻的不是辣一次　/24

飞向它要抵达的时间中　/25

在锅里放空了自己　/26

磨出了一个垭口的刀　/28

一道菜说　/29

第二辑　他有一座山的拐杖

他有一座山的拐杖　/33

打扰一张白纸　/35

七十七天　/44

一匹回家的黑马　/48

缓慢　/50

冬影白　/51

累不算　/53

一滴水叶　/54

酒歌　/55

干吃　/57

户口本　/59

断尾马　/61

备粮食　/63

最后的一年　/66

指路星　/68

进门声　/70

沙子河　/72

草原志　/74

藏獒弟　/76

新娘笑　/78

打开灯　/80

大年初三　/82

啤酒花　/84

石头糖　/86

牧人梦　/88

看不透的眼珠　/90

禁止呼吸　/91

第三辑　我捡到了她丢失的家

开花的时间　/95

成人礼　/96

月亮眨一下眼　/99

踩着一天的意外迅速走到胸口　/101

马背飞　/102

空间里　/103

没有睡过的眼睛　/105

她是来自内心的家　/106

心痛你是我的秘密　/108

一颗发烫的星空　/110

吃花　/111

一句白　/112

秘密　/113

循环　/114

静净歌　/115

我捡到了她丢失的家　/117

第四辑　大海是我用藏文写的加措

冬天的性别　/121

石头文　/123

冈底斯山　/125

器具　/127

羌塘记　/129

大海是我用藏文写的加措　/131

石头病　/132

喝着大海透明的乳汁　/133

诗策划　/134

笑回去　/136

七号梦　/137

红风铃　/138

听雨说　/140

骨头上的胃　/141

没有说出来的羌塘　/142

故事　/144

红眼　/146

江孜辫过曲典　/148

马路集　/150

烧烤店里说的半夜三点　/152

八个男人坐下　/154

敲窗的梦　/156

第五辑　没有落完的太阳里有一只羊

蘑菇火　/161

阿妈萨　/162

我不敢　/164

说脸　/166

没有落完的太阳里有一只羊　/168

内外　/169

再等　/171

你的我　/173

风像一根牙签　/174

昨天后的村庄　/176

无法接通　/178

心情甜茶馆　/179

早上好！机器　/181

正面　/183

下午诗　/185

说今天　/186

2070年　/188

死了一个舌头　/189

开门　/191

牛肉白　/193

变化　/195

雍忠拉顶　/199

曲中门　/201

孩子　/204

灵魂里绽开的奇异诗行

次仁罗布

一个人孤独久了,他总要寻找表达的途径;一个人历经世事,他就会把沉淀的情感酿成一壶芳香醇厚的浓酒,这两点都恰到好处地体现在了沙冒智化的身上。诗集《掉在碗里的月亮说》,让我充满期待的同时,也让我有些忐忑。毕竟,沙冒智化的这本诗集是西藏作家第一次获"中国少数民族文学之星"扶持项目,作品的质量必须是上乘的,也要为今后更多的西藏作家荣获这一项目开个好头。

在我谈沙冒智化的诗歌前,我简单地谈谈藏族的诗歌。就像所有的我国其他少数民族一样,藏族几千年前就有诗歌这一文学形式,只是后来流传过程中很多没能保存下来。而今,能找到有文字记录的是,二世纪产生的个别歌谣和吐蕃时期的一些诗作,它们被发现于敦煌石窟,记载在《藏史残卷》里,其中的很多诗歌记述的是吐蕃时期社会的方方面面。之后,出现了米拉日巴的道歌体和萨迦格言诗。到了公元1260年左右,藏族学者雄敦·多吉坚赞历时十多年,将印度学者檀丁的《诗镜论》翻译成藏文。一朝成书,这一理论风靡一时,成为藏族文学创作的范本和理论根据。《诗镜论》第一章谈文章的体裁和理论性知识,文章体裁又被分为诗歌、散文、诗文合体等;第二章论及意义修饰;第三章谈文字修饰和隐喻修饰。许多藏族大学者都对这一理论进行了自己的阐述和解释，使这一理论成为后来藏族文学创作者的范本或指南针，被学者和贵族推崇备至。以致后来的藏族文学被这一理论所严重禁锢，鲜有影响深远的诗作问世，创作出来的多是在知识圈里得到认可，却不为老百姓所知道。直到六世达赖仓央嘉措的道歌体出现，它成为一种更广泛的、社会影响更深刻的诗歌形体，它不受《诗镜论》的约束，是从民间汲取养料，通过个体的感受呈现纷杂的世间冲突、矛盾，表达个体对自由的向往和对美好生活的渴望。到了21世纪，仓央嘉措道歌的魅力依旧不减。近代还有西嘎林巴的《忆拉萨》，它以口语化的诗歌写作，在藏族文学史上占有一席之地。我们从中可以发现一种现象，愈是靠近民间贴近生活，诗歌的社会影响力和生命力就愈发地旺盛。西藏和平解放后，涌现出了藏语诗人擦珠·阿旺罗桑、江洛金·索朗杰布、伦珠朗杰、朗顿·班觉、江瀑、白拉和以汉语写诗的汪承栋、杨星火、马丽华、贺中、加央西热、闫振中、白玛娜珍等人，他们的诗歌从颂扬式转向个体对生命的体悟和民族在时代前进中的忧思和展望，诗歌的内容和形式都发生了深刻的变化。

沙冒智化浸染在这种传统诗歌的熏陶中，他从藏语诗歌创作开始，经过十多年的笔耕不辍，出版了三本藏文诗集，2009年获得了"达赛尔"文学奖，后来在藏语诗歌创作者中小有名气。

在这需要给读者们说明的是，2010年时，我与沙冒智化偶然相识，当时他是在朗桑语言学校。相互交谈后，我知道他喜欢写诗，就婉转地跟他说如果写汉语诗歌，可以给《西藏文学》投稿，还把邮箱号留给了他。大概一个月后，我收到了沙冒智化发来的邮件，打开一看有六七首诗歌。这些都是很牵强的诗作，但为了鼓励他的创作，我选出几首诗歌来，硬着头皮进行修改，发表在了《西藏文学》上。不曾想到的是，这点燃了他的汉语诗歌创作的热情，不时地有作品发到我的邮箱里，但都是隔上一年给他发表几首诗。我们之间也有了接触，从对他一无所知，到慢慢地对沙冒智化有了些认识。我很惊讶的是他的汉语水平只有小学文化程度，十多岁遁入空门，又是十多年后走入红尘世界，经历世间纷纷繁繁，从故乡甘南的沙冒，来到拉萨艰难地生活。从此，我对他多了一些关心和关注。那时，沙冒智化的诗里有愤怒、有抱怨，更多的是一种宣泄，且晦涩难懂，只能从标题和每句诗行中去捕捉他要表达的东西。不久，沙冒智化结婚了，婚礼那天我们文学圈的都去庆祝，从早晨喝到了晚上，我那时想着婚姻会让他变得沉稳和平静的。又有一次我醉酒，半夜把他喊到酒吧里，借着酒劲我对他说教了一番，大致意思是说不要太冲动，要用一颗平实的心来看待这个世间，包容能包容的一切。也许，是他结婚的缘故，也许是那晚我们的交谈，他的诗歌里逐渐地不再带有怒怨，而是走向了日常生活的叙事。

沙冒智化也是辛苦的，他要打理自己的饭馆，还要亲自当厨师，这样他的生活才能维持在小康水平，同时还要利用晚上时间进行阅读和写作。后来他去鲁院学习过两次，阅读了大量古今中外文学名著，这对他诗歌创作水平的提高帮助极大，也对他树立自信心起到了关键的作用，加上在那里认识了很多的前辈，在他们的帮助和提携下，他从西藏年轻的诗人中脱颖而出，成为当下最活跃的一名诗人，其作品先后被《人民文学》《诗刊》《十月》等重要刊物发表。

沙冒智化为了更好地写诗，他放弃了开餐馆，一心扑在读书和写作上。这次他的诗集《掉在碗里的月亮说》，是他这几年诗歌创作的一个大汇展，共有五辑，108首组成。第一辑里沙冒智化把当厨师时的日常生活化为诗歌，展现了厨师眼中的另一番世界，其意象之神奇，想象之瑰丽，让我阅读时不免暗暗惊叹；第二辑里写他与故乡，写亲人、写往事，把琐碎的生活经历，带有故事情节地讲述出来，给我们营造出了沙冒村的过往和现今的生活面貌，里面充满了爱和彼此的宽容；第三辑里更多的是一种男女间的情爱，但这种情爱更多地注入了沙冒智化所独有的特色，是他心中自己所理解的那种爱情，其中的《开花的时间》我特别地喜欢，近似于民歌，在婉转、反复中表达爱意，真是清秀至极……

我在这里不再一一赘述每辑的内容，用最简单的话来总结沙冒智化的诗歌意义：他在习惯的藏语语境中用汉语重新给我们构建了他的诗歌世界，许多词语又焕发出了新的生机和新的指向，丰富了汉语词汇的多义性，有时创造出的奇特意象让我们咋舌。如《厨房私语》里的"用耳朵吃上火焰的诵读声／找出火生的原意"，《打扰一张白纸》里的"所有颜料的底色／是语言的垭口／铺满时间和爱的血液"，《听雨说》中的"夜里，雨下着黑色的星光／石头喝下脚印，走着醉醺醺的路／站在路口的倒影爬到树上／吸着透色的雨"等，这样神奇想象的句子随处可见，在阅读中让我们随文字在飞翔。

沙冒智化诗歌创作的另一个意义在于，他从传统的藏族诗歌中汲取营养，将它与当下生活紧密相连，尝试用藏式的汉语诗歌来表达和呈现，这给西藏的汉语诗歌带来了革命，也开辟出了一条新的道路。

第一辑

菜单上的光辉写在一幅唐卡上

用耳朵吃上火焰的诵读声

找出火生的原意

厨房诗

火和水的交叉声,抓着勺子
喉咙中疲倦的乌烟和火骨
碰撞出来的生活和房屋的栅栏
像食物的需求和水面的泡沫

菜籽油和蔬菜的觉悟
汗水和时间的计算式
客人和厨师之间的相处
牛奶和酥油之间的机缘
锅里,讲述着水温的颜色

一斤牛肉排骨三十五元
一斤酥油四十六元
一斤油麦菜三块五毛
一斤土豆两元
一斤青椒七元
被市场化的农田和牧人的牛羊
从这里到摆脱恐惧之间
不到一厘米

烈火是煤气灶的装饰
厨房是食物的休息间
灶养着火，火养着心
灶与火的关系
在厨师手中跳进碗里时
眼睛在勺中呼吸

听客人

我的脚很慢,因为
马丁靴的颜色
像夕阳下的一座山
看不清经过鞋带的伤痕
这一双鞋里
种了一朵花
夜里燃烧着生活的热情
白天流出的汗
像在我手里滚烫的身体
一位客人给我说
你的双手除了做饭
能磨碎石头的耐心
养得起火的味道
养不起盐巴的黑
我说:是的
我尊贵的客人
我没有发现站在地上的
这一双脚
如此稳妥

锅与勺

我迷恋厨房
在这里我能感觉到贫困走失的梦境
双眼在火光中寄存的希望
自来水管子中喝着大海

没有在拉萨的地图上发现的嘴巴
在煤气罐里吼我要饭
脚底下长了一根刺
让我觉醒在味道的时空中
划过盘子里的大海

我的厨房里
没有意大利面和巴西烤肉
在蒸汽中可以观想时间
藏面和甜茶杯里阅读与食物有关的神话
藏在眼里调养粮食的精神

请你不要质问我有什么

我有厨房的天空和土地供养的蔬菜

我什么都没有

厨房是我的心

炸羊排

一把刀,一块木板
切完了食客的需求
把食欲装在盘中
给客人送到嘴里

加点葱花,再加点火
不要喊"快"这个字
我手中的刀,放下去
就能切断
地上滚打的阳光

这个时候不要给我说话
刚到盘里的大白菜
像烂了嘴巴的一只猫
等着我的慈悲
再次驱逐我的双手

想叫醒体内复杂的一切
想放弃锅里的嘴

我的调料中没有清澈的眼泪
除了火的速度
要跟得上房租和支出

只要你让我动手切肉
想起活生生的一只羊
一群羊

厨房私语

菜单上的光辉写在一幅唐卡上
剩下的雨滴跳进锅里
击碎了倒进碗里的月夜
那些碎片吵醒了煤气罐里的花瓣
聚集的所有调料中
开水的蒸汽在燃烧着噪声
叹气的风上,没有灰尘
天空画上一轮太阳
在厨房里建造一个宇宙
用蒸汽和盐巴搭建一个院子
在人间的锅里
绘画一个眼珠般的勺子
宁静的锅里慢慢起浪时
用耳朵吃上火焰的诵读声
找出火生的原意

锅里的天

在音乐的悲喊中颤抖的心
弹指间跑去远处,看着
蜘蛛网上流淌的阳光
建立着一座细沙的城市

被生油煮熟的抹布上
有雨滴的苦味
落在心上的灰尘被残雪压白
被灾难抛弃的肉
在一尊佛的自传里
落到了厨师的手中

挂在马路尽头的鼓
谁在敲打
声音中伸出阵痛的骨头
给鼻梁打了个洞
看见
灶上有个锅
装满了天

加满水

低头看着锅里
对蔬菜的痴迷
是一种仪式

寄存在阳光下的星辰和日夜
用洋葱和生姜
洗掉水的异味
在一盏灯的照射中
通知锅底的热

微笑煮熟的饭菜
能让邻居开心
摸到大锅的双手
能让客人开心

幸福的心情
切好味道

厨房记

一只苍蝇,飞进去
再也没有飞出来
都在担心它藏在肉里,或者
藏在更深的地方。梦里
我很着急,每次打开吸油烟机
身体被火焰绷紧
看不出生活的一点破绽
这一间被油征服的空间
已经和我共存五年
这样的经历
不只是让我成为火的主人
心里回响着
那只苍蝇留下死亡的声音
让我感到恐惧,忏悔
死亡和生命消失的痛感
不想让客人感到绝望
就亲手抓住另一只苍蝇
放回窗外的光里
回到厨房,吸油烟机坏了

找人修理时,我看到
通往天空的管道里
这五年中放出去的
所有云雾都变成油
粘在修理工的手上
回放着我的生活

不要着急煮熟大米

天空像一颗绿松石那么蓝
彻底把那些点缀似的云扣空
厨房里在下雨,湿透我全身后
还吓我一跳,差点把脸擦没了

"嘭"的一声,我忘记了自己
平时我也没有那么胆小,我也算是
见过血的人。身体里跑着一群蚂蚁
那一声"嘭",吓跑了魂
全身都痛,双脚里没有骨头
几分钟内没有找回来站着的身体

满地都是米饭和炸碎的高压锅盖子
满地都是致命的碎片,沾上女人的尖叫声
一般男人听见女人的恐惧声
都有点私心在里面,我没有
她是我师妹,后来变成了我师娘
我们的师父,带她出去了

装在一个灶台上的四个灶脸
都一次性毁了容,那些可怜的面孔
后来出现在我的梦里,她们
每一次来到我的梦里
都提醒着我对气压的紧张

那天起我学会慢慢
和煤气灶说
不要着急煮熟大米
土豆,牛羊肉,五花肉,鸡肉
如果你不开心不要着火
我找人修!从此煤气灶
有了我的怪脾气

让水吐一口蒸汽

一滴油,启动着,时间的血压
红色里添加点蓝色的透明
燃烧起来,让水吐一口蒸汽
算我休息一次
离开那些菜刀和盘子

玛咖,虫草,藏红花,这些料
我给客人用过不少次
以前对这些有纯真的爱
不像现在这么纠结
再昂贵,都得为了养好菜

为了一口饭
多吃点好的,睡个觉
梦不会离开厨房
除非煤气罐里的一口气
走漏了风声

厨房经

在厨房里,摁下手机上的数字
传达我的声音到另一个人的耳边
说了:大白菜二十斤,要做水煮肉片
红椒五斤,青椒五斤,要做青椒肉丝
这两道菜,耐吃,能辣到心
牛肉三十斤,羊排十五斤,黄瓜十斤
小白菜五斤,上海青五斤,西红柿三斤
辣椒面五斤,青笋五斤,青笋尖五斤
西蓝花,胡萝卜,白萝卜,香菜,小葱
大葱,洋葱,大蒜,生姜,茄子,平菇
金针菇,土豆,粉丝,宽粉,猪蹄
这些没有斤数的按照以前的拿过来
羊头,五花肉,芹菜,红薯,调料
这些还剩下一天的,完了再要
开始磨刀,切菜,剁肉,烧水,蒸米饭
做辣椒,检查盘子,碗,筷子
看菜单,少了一道菜,多了一锅汤
平常的生活就有这个缺点
鸭子还没有飞起来,都要卖
鸡肉里不可以放鸡精和味精
我讨厌这些嘴巴,不放点料酒

还说不好吃，说我厨艺不佳
从此我很讨厌鸡精和味精，它们
玷污了我的手。都喜欢
吃点这种口味重的东西
番茄酱，辣酱，花椒，胡椒，野葱面
孜然，嘛咋啦，咖喱，盐巴
我都有，都放。酥油融化的味道
在羊排的身上，围绕着客人
今天生意好，客人少，敢吃
敢喝的都来，事儿少，钱多
给每一桌客人都送一盘水果
厨房该休息了，我也该休息
出来，客人们给我敬酒
喝了几口，嘴巴醉了一半
晚安兄弟们，多好啊，我的客人们
都一夜间成了兄弟
人本来就这么自由

这道菜很好玩

几个孩子在菜单中看到了
叫做"吉祥八宝"的一道菜
他们大声地给家人说:要这道菜
我说:这是用青稞粒和玉米,蕨麻
再加上酥油的味道一起合成的颜色
粉丝炸脆,膨胀之后放进盘子里作为篮子
摆在桌上的。孩子们跑过来给我说:
谢谢叔叔,这道菜很好玩
我摸着头,伸出舌头
给他们说:能养育你们的想象力

乌龟和海螺都没有翅膀

很多人坐在房子里,得了忧郁症
本来房子是控制墓地的一个空间
都需要这么一处,要让自己放肆

家里的世界和外面的世界一样大
想通了都不是痛苦,给自己点乐子
我从厨房里,听见过大海
用自来水管放出一天需要的水
喂给那些客人,但他们
从没觉得这是大海的水

大海离我们这里很远,高原有湖泊
都是属于女性的。很多山都是男性
地面上的大海,我知道
一点也不好喝,除了海里的鱼
乌龟和海螺都没有翅膀,飞不到拉萨

我的厨房里有大海,有天空
可以装在我的锅里

随我怎么操作,然后一盘一盘地
摆在餐桌上,让客人们看
他们终究没有看到
我做出来的世界

很多人觉得我藏在厨房里,得了忧郁症
厨房原本是世界的一部分
我只是找点时间,让食物修行

掉在碗里的月亮说

八月十五那夜，月亮盛开在拉萨的夜空
有的人把月亮装在酒瓶里
有的人把月亮拿在手中，给人看

风在月亮上说话，光在月光里洗脸
我的厨房把月光摁在窗户里
给猴子，摘果子

客人们让月光守着厨房的窗户
锅里种了一亩向日葵
从此我有了黑夜里的太阳

突然，掉在碗里的月亮说：
人只能拯救半个人
我让火，安静下来了

最可耻的不是辣一次

有个客人,她喜欢吃尖椒牛肉
每次做这道菜,都要哭一次
她跟我说:藏在纸巾里的汗和泪都要拿走
因为心情不好的时候
吃尖椒是一种解脱的方式
我知道水里的天在动
有时我想,用一面镜子
把自己的脸换掉。还想
花朵的骨骼中有没有味道
虚拟了一段时间后
我把天挂在老鹰的翅膀下
抹掉半个天。再让地下的黄金
腐烂掉。人们成了一条河
倒进幻觉的时间中
流入那里,样子就凝固了
死血带来的钻石和珍珠
都能腐烂掉,多好
最可耻的不是辣一次
人的眼睛里,原本
有一片种尖椒的地

飞向它要抵达的时间中

一架飞机,从厨房的天空
飞去。我用锅里滚烫的油
抓住它的航线。然后缩小,再放进
一个晶白的一次性碗里
用一双筷子,夹着没有羽毛的翅膀
飞到成都,再飞回拉萨时
我的天空,像一个雕刻的萝卜
在我的厨房里
飞向它要抵达的时间中
一位客人把夹在筷子中间的鸡块放进嘴里说:
她刚从成都回来
你飞不完我的嘴

在锅里放空了自己

有几片云朵,擦着拉萨的天空
中午十二点的半个月亮,像她
像一块石头上刻活的一双眼睛
在天空,在厨房和碗筷之间
看着盐巴和酱油的颜色,看着
食欲藏在厨房里的牲畜和蔬菜里
没有长出翅膀的鸡蛋和羊头骨
用洗洁精的味道,吃着,喝着
多少年的经验中最好的技能和
一双手放在火里的所有寂寞感
月亮在慢慢蜕变,变成蓝色味
溶入水中,在锅里放空了自己
天空变暖了许多,我的手很累
剩下的厨房里装满了食物和人

煤气灶中喷出的火
像一朵腐朽的兰花
在时间和灰尘中拥挤在餐桌旁的脸上
吃着碗里的苦恼,唱着一首童谣:

睡吧孩子,梦是绿的
在天空中飘移的月亮
是你的朋友

磨出了一个垭口的刀

我用一个早晨的时间
磨完厨房里所有的刀
休息时,还有一把刀没有磨
被蔬菜,磨出了一个垭口的刀
那把刀,我用了三年
我心疼这把刀的耐心
对这把刀最好的回忆
我从没有用它切过一片肉
哪怕是死了的鸡蛋也没有让它吃过一口
现在它要离开我。是我要放弃它
因为它所有的牙齿
被那些蔬菜拔掉了
只剩下半个月亮的嘴唇

一道菜说

吃着盐巴和花椒的勺子,吃着大海
吃着火,吃着食客肚子里的饥饿
抱着食欲的孩子,牵着一家人的团圆
走入藏餐厅的大门,爬上楼梯
一位老奶奶休息一次周末的微笑
贴在她侄儿的脸上
看着餐桌上跑步的各种食谱
各种土和颜色中生下的盘子
在森林里迷路的树枝变成筷子的瞬间
孩子和老奶奶坐在圆桌的上方
坐在太阳摆放的下午中
推动了家里极少的相聚
一盘红烧牛肉,炸羊排,椒盐牛舌
萝卜炖藏香猪,炝炒白菜,土豆丝
冰与火,两碗米饭,三个窝窝头
在三百多平米的餐厅里
在四十多平米的厨房里
服务员玉珍一声叫醒
我休息中的双手。我抓住

水和火的脉动加速地摩擦
每一盘菜送到他们的面前
一口一口吃下去的过程中
只听到那个孩子开心的牙齿笑
菜板上没有长完的白菜
把我拉到她的身边说：
我可以长成一间房屋那么大
你可以在我的日子里
吃上土壤中流淌的绿

第二辑
他有一座山的拐杖

我输了这里之后

我赢下了自己

我赢了自己之后

我要输给这里

他有一座山的拐杖

我输了这里之后
我赢下了自己
常住在我骨头里的沙冒多村
有街坊邻居
有小孩和老人的闹场
有三个村庄的围护
有一个寺院的加持
有三十四户人家的大门和钥匙
有小偷供奉的观音庙
有交换眼神的窗户
还有骑着白马的诸神
他有一座山的拐杖
伤心时挺起头来
思念妈妈的这个地名
所有垭口里堆满的红土
土豆花和玻璃娃娃的故事
鹰和羊羔都是你的
系在一个名字上的生死是你的
带上所有的忏悔

徒步到拉萨的人是你的
我走的这条路的尽头
一半是你的
一半是我的
我相信,在一天到晚的眼里
我的身体飞过这个天空
我相信,我越过死亡
生命仍然会以某种形式存续
我赢了自己之后
我要输给这里

打扰一张白纸

你从大地背面而来
站在夜的对面
从未说过你来自哪里
但我找到了家

你来自一滴露珠
一种纯净的颜色变成了光
所有颜料的底色
是语言的垭口
铺满时间和爱的血液

我试过雨水的速度
追过河流的去向
但和你一起的日子
来回没有超过十五年
我今天
终究到了你的岁数

一个早晨的时光

能看到一个世纪的明天
时间并没有流失
被你锁在身骨中
在眼里
你像飘扬的一面蓝色旗帜
想起你面容的一瞬间
我能赶走死的欲望

你活着时
用所有祈祷的语言
拜见了一尊悲伤的佛

问过佛,你去了哪里
问过妈妈,你在哪里
我走过的路
也许你并不赞同
虽然你没有看见
我去过的地方

舅舅说:儿子都是父亲他自己
都不敢给妈妈说真话
我说:父亲都是儿子的昨天

妈妈的微笑

像所有的星星一般
挂在眼里
也无法抗拒
生命的圈套

并不想因你而改变自己
选择一夜未能睡完的明天
蒙上昨天的眼睛

我曾掳掠过梦的席位
停止过石头的呼吸
与爱情和欲望一起成长
可我,找不到
眼睛的缝口

从一夜荒凉而可怕的坠落开始
走过一个流浪的遗孤的世界

父亲!如同你一般

在另外一个地方
搭建了自己的样子

我和流浪狗睡过一个星空

那夜看清了星星
湿润的青草,时刻提醒
天亮之前不能死睡
睡醒的冷雪
吃过人的呼吸

父亲,我在你的夜里
擦过石头的眼泪
那时找到了自己
抓过从你故乡吹来的风
如同一张过期的邮票
粘在荒凉的地面
找不到回家的门

我不能唱歌,歌词会泄露
余生最怕的你
骑着骏马回家的样子

父亲!我爱你
所以我不敢哭你
你说过,男人的哭泣
如同一把刀
会割掉明天的样子

我站在你的面前
要告诉你,我比你好

今夜,身骨里长满的刺
这几年变成了一片森林
生长在痛里
随着时间的洗礼和我的成长
变成了你的背影

母亲的祝福
让我站在了日出的位置
背对着日落而消失的自己
从石头的背面跳出

任谁,都
毁灭不了方向
另一个我,或者你
最后一次发作的疼痛
父亲
你让我醒来

你不是在每一次短暂的停留里
换一张面孔吗?
幸福,在一面镜子里

像你的胡须
从我的身体里往外跑

一首歌,二十年后
母亲唱给了我
生活找到了时间的谎言
在一部经书里
无法找到天堂

我结束了对你的追寻
从 2015 年开始,发现
三月十六日那天
在生长着的
每一片叶上有你的希望
明年也一样

用彷徨劈开的路
若能用眼神送到你的今世
母亲的爱,是一块饼
你吃完了全部

我为漆黑的夜,找过星星
为一次呼吸的自由而笑过一夜
躺在病床上的我

像一个螺丝,绷紧在
另一个你的身体上
让文字的牛皮船邀请过你
因为我不想死于
一身酒精的病房里

父亲!我对死亡的仇恨
比你的肉体还坚硬

源自生活与你对我的恨
对你的爱
胜过肉体本身的痛苦

关于草木的一切生动
都与我有关。在雨水的初乳中
我的笑,胜过露珠
留在地球的记忆里

你从一个季节的出口里
顺着光而来,睡在草丛中
唤醒了
藏在体内的你

你从我们的泪水中逃跑

那一夜
你骑着灰褐色的骏马
左手拉着缰绳
右手抓着刀柄
在梦里敲门

我感觉到水的生命
不是干旱
而是人们随手扯断的
草木的伤口里
流出美
随后变老
等着自己的季节

花可以种植阳光
阳光可以种植夜
黑夜种了我
我吃着阳光
让自己变成一盏灯泡

每次看到
你从地球的背面而来
站在夜的对面
被你锁住的所有快乐

都能看到

我从佛前面走来
有时躲在后面
你在我面前走开
躲在思念的骨头里

秃鹫飞来之时
影子入土
我飞,你飞过的土地
在你的牧场
在我的体内
这一生的你
回到原地

我从你的背影中
成为你的样子
因为明天
你的孩子就要老去
在泥潭中
过于超度的
一尊
普通的佛一般
深入烟火

七十七天

——致大姐大嫂

她从半夜两点出门,丢下姐夫
她十九岁嫁给姐夫,一生相许
孙子睡觉的时间姐姐在一辆汽车里
离开我母亲担心的范围
在老家,这叫"逃走去拉萨"
在老家,这事从不算可耻
和她一起离开的共有四个人
最老的六十九岁,都是母亲
最小的五十四岁,是我大嫂
疫情是她们一路担心的事情
害怕生命随时遭到死亡的攻击
去拉萨是由来已久的心愿
为了祈祷心灵的平安
她们从甘南州出发到四川若尔盖
走进马尔康,到了嘉绒
走出那些没有人不说荒唐的大山峡谷
走到了炉霍县。要去拉岗山转一天
见一个塑泥巴或打黄金的人
第三天她们又出发了。这时候加上我大嫂

有五个人。那天，我大嫂也丢下我母亲
大哥，两个孙子。一个人穿越森林
充满鬼故事的路，河，以及高山，峡谷
十六个小时，走了八十多公里路
走破了几个脚趾。我大哥和她的表弟
赶上她，补充了食物和希望
开车送到我大姐她们正在赶路的若尔盖草原
她回到家里，还要走三天的路，才能跟上
全程两千多公里的路程。不能留下一步的遗憾
她们拉着这条小路，要接上拉萨
一个中午，她们到了德格印经院
逃走的她们，个个被家人找到了
并给每人买了手机。视频聊天时
她们说得最多的是：这里有很多印刷版
我说：卓尼印经院曾经有很多印刷版
被1928年的一次大火带去了空气中
她们说：几年前，村里有一家
睡过几十年的房屋也被火带走了
2015年的春节，村里的一户人家失火了
烧光了房屋的样子和所有东西
连一粒请客苗子都没有剩下
村民和乡政府，县政府
周围听见过这事儿的人还给他们
一个更富裕的家。卓尼印经院

从此只留下了一个外国人相机里的几张照片
那伟大的故事在民间慢慢走失
从此在书面上成了一次历史的纪念
到八宿县时,她们没有给我说
生怕打扰我的朋友。八宿县有我的一首诗
多少年前,我很在乎那里的天气
因为那里种过我一年的盼望
一路上,她们睡过大山,马路,荒野,恐惧
经过白天的鸟语,太阳,隧道,村庄
云里的炊烟,夜里的闪电,别人的眼睛
她们睡过最昂贵的旅馆是一个床位三十块钱
到鲁朗的那天,我的心很慌,很紧张
我不知道大姐忍着病痛的脚走了十几天
她不让我知道,怕固执的我
让她坐车到拉萨。难得这样一步步来拉萨
她不愿意留下任何遗憾
2020年11月28日她们到了拉萨
给拉萨说完了自己的心愿!来到我家里
她们五人笑得像要哭的孩子
她们都是大人,经历过很多事的人
脸上那种圆满的表情
让我想起了自己的一个计划
我和一位朋友约好,今年从拉萨徒步
到我母亲居住的地方

同样有她们徒步到拉萨的距离
但我的时间停在了朋友的日子里
没有回到今年的计划中
刚刚我接到了已经回家的大姐的微信视频
说她在母亲身边
我心头的一块石头落了地
视频里，我看见妈妈站在大姐大嫂旁
她往日提心吊胆的眼睛
今天很满足地没有放出
像子弹一样的眼泪

一匹回家的黑马

一匹没有被草原跑完的黑马
在天空,牵着太阳奔跑
背着牧人的日夜
在草原上,吃着时间
踩着石头,抽取火速

睡在黑马背上的风,经过
装满干粮的毡房
抓着太阳的缰绳,重启时间
马蹄和天空交流,破开黄昏

身骨里滚涌着一条大河
眼睛里放射古老的天空
在爱与恨之间,用汗血
冲洗草原的清静

它跑回来了,踩着天空
背着草原,扶着江河
带着牧人,逆光跑来

它身穿着马鞍和远方
拖着缰绳
躲开鞭子
跑赢了全部草原
这是牧人的意思

缓 慢

听说生我的那天,天气冷得很快
冻白了山和水的脸。农历十一月八日
沙冒沟的天气没有比我热。海拔两千七百多
有人说我哭得很快。后来语速很快
心情也很快。我用语言的符号
量过生活的体温,发现怀孕的屋子
被诗人带傻了的一股透明的黑色的空气
把我的身体埋在嘴里,有了缓慢的力气
慢慢变成一条线,越来越细,穿过针眼
忘记把脑子穿过针眼。就此疯掉
越来越像个婴儿。哭得很亮。笑得很黑
随着黑夜的消失,天亮了我

冬影白

我在雪中没有变成雪
吹着口哨的风,成了一场雪
我生一把火,吼一声
火像极了她
如同火山底下的一块冰
放出寒热的声音
一壶装满雪的冬天
蒸汽胜过火的温度
我把自己装在沙冒村的烟囱里
送给堆满夜空的光芒
这算是一次回乡
全村人看到我
太阳的火
从夜的灰尘里露出手脚
剥一层光的雪
顺着光而跑
留在雪中的一匹马
在太阳下变得很美
抓着缰绳的人

在雪中冷得很深
我身上的雪
下在里面
太阳回窝时
我在外面

累不算

十五岁那年失去了半个故乡
脚下的土地不知道在想什么
山和水都变少,变贵,变暗
青草里,姥姥守着家
外公出狱之后回到这里
不到两年,牢狱之病
带走了他和时间的尾声
父亲也没有来得及回家
城市和医院分开了我们
母亲在家,还有半个故乡
半个故乡在体内,养着
一个童年,养成大人
大人养成孩子
相貌变得累了
开着大门的眼睛发光
人越变,变得破碎
完整地粘在画布上
全部故乡属于自己之前
不算流浪者

一滴水叶

三十七年,走到溪水边
饮一滴水叶,没有苦味
一秒的空间,最干净

一条民间的溪流
流进身穿蓝色肉体的世界里
释放着一滴滴天的蓝

纯洁善良的一条溪流
往上流,对着天空流
抱着山水往心里流

两条溪流。一条在体内
一条在眼前,饮上一口
复活天地之苦

一滴水叶
往爱的身上流
往母亲心里流

酒 歌

四月苗，听见一滴水的声音
叫醒一条河的清白
假如姑娘的微笑没有灾祸
布谷鸟笑了，天会下雨

六月田，青稞的谷穗吃着阳光
蜗牛穿着盔甲
在田中，推着自己的身体
等着彩云搬来雨水

八月天，唱着收割的声音
妈妈的手，摘下
一滴滴璀璨的水
酿着浪子回家的味道

大过年，喜乐下凡在人间
吃着一碗酒。我才敢说
我有巨人的孤独之外
还有夜间不看时间的习惯

倒满夜的酒杯,吃一碗

酒喝多的路,会开着大门

给你说家乡的口音时

正是你回家过年的时间

干 吃

夕阳流进群山背后，黑夜盖住了脸
准备睡觉的我不满六岁。那夜的梦里
我在游泳。早上准备起炕时
肚子里有一种痛在打我
给父亲说，肚子里有个痛在打我
他让我吃了一包北京方便面
然后让我趴在炕上。下午，那个痛竟然
像一条流浪狗离开了我
再也没有纠缠我。后来姥姥说：
那是一种着凉的痛
热了它就会逃走。热热的身体
能吃掉痛，像黄豆一样，绞碎
后来，让自己晾在风雨雪中
把热乎乎的屁股搁在冬天里
也没有吃上一口羊羔毛似的干面
我开始学习假装，闹家人
要一包方便面。那一天，父亲
毫不犹豫地，扒掉衣服，用鞭子
狠狠地抽了我一次，那种痛好像

又放进了身体,又红又肿
我大哭,他大骂。擦眼泪的胳膊上
居然没有袖子,是被我玩烂的
从此,再不敢假装肚子疼
怕被自己赶走的痛
因一次假装而召回体内

户口本

记得小时候,父亲拿着户口本
去乡上。和夕阳一起
骑着那匹短了尾巴的黑马
褡裢里装着两袋白面
背着一杆半自动步枪
一晃一摇地出现在村子上方的巷口
马和他俩回家的样子
抓住过我的眼睛。我大喊妈妈
说爸爸回来了。妈妈问我
你爸喝酒没。我说马没有一点醉意
从此我知道,爸爸再也没有喝酒
我姥姥说豆腐变成了化石
后来,我十二岁那年
那匹被我三哥用大年初一的酥油灯
烧断半个尾巴的马
踩在我左脚上,拇指指甲被拔掉
就那一瞬间"咔"的一响
让我记起我爸喝醉时
把枪口对着天空

"咔咔咔"放出去的声音
今天,那些画面在我体内
一扎,让我从白天里醒来
去年我在妈妈面前
喝了一次大醉,给妈妈
播放了一次那时的画面
第二天早上,妈妈
一喜一悲地给我说
那天我爸是去乡里
给我的名字上了户口本
就那天起他戒掉了酒
我妈妈生了十个孩子
我是最小的,比我大的
在我没有出生前不到两周岁
就没能等我的到来
他在,也不会生我
后来生我的缘故
差点把爸爸的工资
弄成了一杯水
现在我身份证上的年龄
比我还小一周岁
我也潇洒地
再年轻一年

断尾马

当年它多大,时间才知道
这身躯里的空气有多少次轮回
不能坐上回去的火车和汽车
追问到一个很准确的时间
都是往前的。哪怕遇见死亡
心在白天守着路,夜间失眠
不能回头退一步,喘口气
我三哥,在大年初一那天
为它点灯祈祷时,不小心
烧断了它驱赶蚊子的尾巴
我和它,相识有十三年
任何一个孩子都不敢接近它
它会咬人。全村人叫它吃人马
它背过我和粮食的种子
它有过拉木车赶路的力量
在孩子们的脑海里,它是
走在路口的一位老师
都要绕过它。这里的孩子
最怕老师,在我乡村的童年

老师是唯一没有理由
让任何一个孩子
站在冰雪里的人
这也是给高贵的老师的荣誉
这么多年没有一个孩子被打残
或者打跑,都爱老师
我也很爱我们家的断尾马
有它老师也不敢接近我
它除了它的家人之外
不会让任何人接近它
如何高贵或优雅对它来说毫无关系
就在这一年,我抓着它的耳朵
牵它走在回家的路上。它
踩死了我右脚的大拇指
一声"咔"就带来了血
痛得我忘记了有一双脚
后来指甲盖又生了一个
它死后,肯定在后悔
疼痛的速度中,那天
我忘了恨它

备粮食

在硬生生的空气和风干的记忆中
生命与创始者没有任何关系
只有父母！把我带到他们的家里
给了我四个姐姐,四个哥哥
按照碎片阅读的史册,两千五百多年前
有个古印度的哲学家说:创始者
是她自己本身的能量。在社会的空间和距离
悲伤的关系之外。可以走回
1991年农历九月。庄稼搬到冬天的菜园里
土豆和萝卜埋在挖好的地洞里。直到春天
它们不会再长出模样。那年离我们村子
很近的一个地方,一场冰雹,带走了
他们所有的种子。背着麻袋的男女老少
站在我们村的每家每户的门口
双手伸进我们父母的胸口,乞求一碗种子
全村的年轻人们有了对种子的价值观
水土流失,种子缺钙,离开大地的抚养
离开母体。我以前担心没有牛角的牛
怎么去翻地种田,怕它们拉不动地心引力

今天拖拉机到地里帮人们种田
土壤扶着农民，走过它胸口的场景
已经消失了半个世纪。现在是化肥
和仅有可能性的三万多种肥料
帮人们驱逐蛇，麻雀，青蛙
多种失去在被化学加工过的土地
生命和更好的可能性。在1934年
德国的大众汽车公司生产的小车
甲壳虫的背景里，我看见驼背的鹰
罂粟花摆在佛堂前的罪孽和宽恕
白天熬夜的大多数人。不认识甲壳虫
它死得比油灯和磨坊还早
绿色和绿化的哲学，在弹壳里
种植着花朵。在脱发的山丘上走动
天和海洋，都是平面的。透支的爱
在等待用飞机种田的现实到来
小鸟唱歌到对唱情歌，磁带，录像带
VCD，U盘，MP3，无线网密码
地下通道里的歌手们在反复
独唱着大海的面积和土地的颜色
2020年的春天，我离开家乡，拿着
隔离十四天的安全书走出村子
储存已久的粮仓和漫山牛羊的故乡
我听见走失的粮食在黄昏中

落进土地的希望。种子的化石
化为尘土的皱纹之前,愿
农民成功地救赎刻薄的食物
藏在脚底下的生命里

最后的一年

这一年,我丢了很多时间,包括奇迹
妈妈的白发,个人的经历,城市的变化
认识的石头,还有大表哥,他爬上了天梯
我用眼泪抓他。求大表嫂抓他。求天抓他
想把认识的肉体抓回来,他还是爬上去了
他的三个孩子都长大了。都有了自己的孩子
我没有求佛要回他的身体,佛本来没有
身体的概念,佛把佛所有的身体锁在了
一个八十一岁里,做完了身体的可能性
死亡的力量不能冲走人活着的现象
大表哥离开了。疫情没有关掉甘南之前
我们把他送到他最理想的地方
施舍给了火、风、土、心。飞走的神鸟
往天上爬,爬的模样看不见后
我们回他身体的家里,帮大表嫂哭了一场
农历十二月二十八号,甘南州关了门
卓尼县关了门,完冒镇关了门,沙冒村关了门
村民都是锁和钥匙,白天和黑夜
被眼泪抽过筋的身体,越来越僵硬

跟着家门,篮球场,马路,心态,拉萨
死是世上最简单的事情。2020年
带走了很多爱。把死亡的门关上一段
让人们再学点真,学点善,学点美
让每一个死者的家属说句话
人怎么从痛苦中出来,避免死得快
今天我在被蓝天和大地磨透的大海边
想起2020年,读着诗人张执浩在武汉
写着的诗歌。阳历的十二月
我想起了去年的农历十二月

指路星

光在沙冒村的上空打盹
牛羊在院子里欢呼着明天的草
它们是没有胃的动物
从没有启动过背叛的欲望
风从空气中跑来
把手伸进我的体内
我颤抖的身体,举起双眼时
在童年里看到了
一位留着辫子的老人
他坐在一群孩子中
说:你们记住
若有一天迷了路
抓住北斗七星的尾巴
它能帮你们找到
迷失的回家路
一位孩子,突然
把手伸到老人面前
说:你看看我的掌纹
其中的一条线

越过了手背
这代表我这一生
会去一趟拉萨

进门声

摔碎了碗,花纹粘在心里
人死了身,骨头会继续生

你看到的沙冒村很小
你在地图上找她,只有针尖那么大

这里的人,不在乎大小
谁家的烟囱里挤出浓厚的烟雾
都可以去喝一口热腾腾的茶
他们会把一颗热乎乎的心
倒进你的碗里
让你的心暖起来

他们的恩怨也可以说上几天
挖出一代又一代的家丑
长出一个生病的头脑
有时会撕裂彼此的语言

我们家有七十年那么大

我们家的命脉
由七十多岁的母亲把着
她每点一次酥油灯
我们的眼睛就会亮一次
我们的话也像她的白发一样
越来越多起来

我说的沙冒村
有你眼珠那么小
有一个锅那么大
锅里有一片大海
能把天装进去

沙子河

这条河很小,从沙冒沟流出来
就像干旱地区的一桶水
抚养着几个村庄的人
水从地下流出来
从大海里流出来
我们的村子叫它沙子河
再流出几个村子,叫洮河,黄河
最后叫大海

出去的人,留在这里的人
在空荡荡的夜里
都会听到它唱歌的声音
如一个婴儿睡在母亲的怀里一般
它从没有离开这片乡土

我们都认为,它是诸神的
其次是自己的
每次接来的第一滴水
先还给众神和大地

然后自己饮用

老人们说这条河是天留给
永恒的象征。是一条智慧的河
是热乎乎的血液
聚集在河两岸的
花草，牛羊，村子，寺庙，城市
都是它的生命

最后，它流回大海
变回大地的血液
从爱的血管里流出
流进世界的血管
无数年

草原志

在像自己的人群中
我们活着也许能哭出声

鱼在马路上跑，草原喂给了鸟
世界在缩小，已没有地方躲避
沙冒村在美的暴力中伸手扶着
一条河的身体

时间抚养了
她最美丽的人

我们跟着便秘的鸟儿
放生的虫子，和
溪水，草原，草木，黄昏
搬迁到贫困之外

动物接近人类的边界
帐篷是草原的母乳

把夜晚移到明处
把时间搬到太阳下
用目光，输送到血液里
体内种棵阳光树

爱的故事，在那里
是自然的空气

藏獒弟

这里的藏獒有四只眼
在夜里看见不洁的东西
嘶哑的声音能赶走邪恶的影子

它白天对着天
能叫出夜的星空
锋利的犬齿能咬断风的骨头
孤傲的声音
若碰上夜晚
会咬上一口

面对主人,像个
孩子似的给你微笑
只要你用心去爱它
会像个女人
为你分担所有的恐慌
以及你的平庸

它天性鄙视违背

消化不了耻辱的软骨
(使得它叫不出忠诚的声音)
只要你爱它
你用铁链把它拴在外面
在风雨中,在雪里
在狼群里,都有为你
守护一生的勇气

外公说:好狗如一位猛将
能抵挡夜的袭击

藏獒如我的家人
我叫它弟弟

新娘笑

在沙子河边坐了一天的姑娘
刚来到我们村里。泪眼汪汪
她是新娘
哭起来像卡在乌云里的月亮

她要去拒绝一个男人
不是那夜和她吃过星星的人
她哭了。在他乡
哭了一天一夜

风声撞在墙上的那一夜
冰一样的姑娘
和一个男人
制造的陌生,撕破他俩的窗户
敲开了全村的门

他们在身体摩擦的过程中
有了炽热的爱,有了家
有了身体的种子,打开了田野

她现在是妈妈
放牧的孩子是她的孩子
她要教下一个新娘
怎么哭完一个人

再后来,他俩遇见了过去
听村里的人说
他俩积存在夜里的
眼泪,还给了彼此

打开灯

给月亮滴个眼药水
打开灯,把她藏起来
关上身体,将大脑锁在里面
把云雾混搭的所有曲线
描绘在眼中,再去看
明天。我们是一群
向来不听话的叛逆者
全身被压抑而驼背的痛苦
开始流产。多于七八十岁的老人
八十岁以上活着的,大多数是女性
在家守着陪她过完八九十年的
生活中硬生生的记忆
是她们养大了大半个村的人
包括六十岁的女人
几毛钱的一碗面到
几十块钱的一碗面
其中的一部分面像她们
在我们的碗里坨了好几十年
但现在生下来的一百个孩子

三个是能说话的
到了十岁，可以骂人骂得像
网络的嘴巴。能骂活死人
如同保健医院的窗户
张开嘴巴时半个天堂
窗口里，能把人吃下去
也能吐出人来
多数，嘱托给减肥的河流
绝食的两岸，看到肋骨时
我们要躲在
一个不说话的舌尖上
守护沙冒村
一日习俗

大年初三

今天沙冒村的两位村民

守着进村的路

因为从武汉，或者

从人类的一个聚集地

一个碗里

一束光的后背上

突发的疫情问题

他俩站在马路的左右

守着横放在路上的

一根木头

来访沙冒村的一个人说：

沙冒村的口罩

是个木头

如果长出绿叶

能代表一次性口罩

左边的守路人说：

您若请求诸神

回放昨夜的天空

我就听你的话
用你的双手
捂着我的嘴

啤酒花

到了春天,年轻人都会聚在
村里唯一的小卖部里
也是村邮站。除了《人民日报》
从前这里没有收到过私人包裹
天气晴朗,云都跑去睡午觉了
但声响都聚在了这里。在村里游荡的
笑声几乎没有要收回去的意思
村头村尾都能听见他们的心思
好像要炸开一片天地
学生们回到村里时,没有人敢出来
这样地胆大妄为。老人们总会骂
这些喝酒的人说"没有教养"
大学生们的年龄和他们差不多
但他们的生活大不相同
有几个年轻的女人拿着手机
在微信里聊着各自的往事
现在,看不到远处的山峰
房屋的身体也在夕阳下准备钻进被窝
"嘭嘭嘭"扒开啤酒盖的声音

越来越大。啤酒花在那一间
小卖部的地板上,像我们小时候一样
非常自由地在灰尘和嘴唇之间
跑来跑去。这时
平时不敢出钱买啤酒的那个男人
从口袋里掏出一个紫黑色的钱包
举着酒杯说:今晚喝个够
山上有草,啤酒在血液里不会干涸
另一个人说:
你老婆在外面偷听着
你吹牛的嘴巴

石头糖

妈妈总说叔叔是个勇猛的人
说我一点也不像他。我很伤心
有时候我觉得为什么要像他
他的小眼睛,单眼皮,薄嘴唇
耳朵没有我大,除了鼻梁高一点
也是个中等个头。他口气粗暴
喜欢斗殴。好在他不抢人所爱
有一次全村收庄稼时
一匹拉着马车的马跑进人群中
很多人在追。怕出人命
没有人能抓住那匹想私奔的马
他突然从一个墙头上跳下来
刹那间把马和车一起摁倒在地上
那一年,我去给他拜年
他拿出一块石头糖,问我要不
那时在同龄人中吃口石头糖
是有财有福的象征
我把手伸到他手里时
他拿出一个啄木鸟点炮,说:

能让这点炮在你手里炸开
这个就属于你
那年我让发抖的身体
吃上了那块糖
再后来，我就不去惹他
妈妈觉得我没有胆量
可我听见了
藏在疼痛背后的
尊严在骂我

牧人梦

草地渐渐被公路和电线
掩没了许多。牛羊变得越来越孤单
山沟里的歌在城市里
朝着竞赛化，机械化产出
仁青卡，今年三十二岁
他的母亲，在他七岁时就把他锁在山沟里
让他看着天空，学习风的悲伤
老鹰被大自然赶走之后
他和他情同手足的兄弟们
把风种在老鹰的墓地里，当作墓碑
如同被生命驱逐的羽毛
在山沟里自由飞翔
他和他前妻以及现在的妻子
有了四个孩子，两女两男
最小的孩子都已经两岁
正在学习走路，和每个人一样
不知能走到何处
和他的祖辈们一起
走向天空下最美的一朵花

或者走向宁静的一生,都存在于
一种爱与不爱的变迁中
像仁青卡、完玛扎西、桑杰加措
龙布扎西、龙布才让
都无法拒绝别人不说话的时间里
要创作出自己独特的梦
一辆汽车,一部手机,或者
一次恋爱背后的痛彻心扉
经历一次,都要理解成
一次次的解脱
如同在天边唱一首歌的自由
到了下午,把牛羊赶回家
他们睡在炕上,等于
在梦里
老了一天

看不透的眼珠

穿着礼服的歌声,唱完心意
夜倒进一碗水里,月亮跳进去洗澡
不要遮住眼睛。她是一部分光的脸色
坐下吧!等着光凝固成天的记忆
大地成为一只透明的眼珠
穿过岁月的山河,复活哑巴的嘴
智慧的眼泪在血液里盛开着花的微笑
心跳声,动脉,呼吸,都帮爱说出
人的感情最初来自哪里?母亲
生子的经历告诉我们
最小的生命体变大的理由
爱说出的一张张脸中间
翻开第一句神话,第一位人
第一尊佛。都是一个女人
从一个母亲的疼痛开始
一个幸福的时间中一碗月亮
流出了一面惊讶的表情

禁止呼吸

今天的人都在急着到晚上
我理解锅里煮了什么
比我理解佛更理解肉的味道
这不止一次，偶尔这样——
一只猫像我一样在禁止它的呼吸
在火炉旁抓着地板
很用力地驱逐着它想吃肉的声音
给主人叫着把肉端过来
大门口守着人们耳朵的狗也开始汪汪叫
人心这么硬。像西瓜那么红
点缀般的瓜子打开，剩下的
只能喂猪，鸡，麻雀，鸽子，乌鸦
这一切从烟囱里放火
妈妈拿着小棍子敲我头开始
我知道锅里煮着什么肉
牛肉，羊肉，猪肉。我不吃鱼
关于肉我理解的比佛理解得多
比我理解佛更理解肉的味道
大门带着被空气挤压的声音

"吱吱"地推进家里
肉从风中跑到我的鼻孔里
猫在用左手洗脸嘴里叫肉
它那几颗锋利的牙齿
咬在我肚子里拿着刀的心
放跑了
一匹狼的爱心

第三辑

我捡到了她丢失的家

从我的体内

取出她的眼泪

放进冰雪中

封住月亮最美的一次痛点

开花的时间

你藏在群山上密集的乌云里,先去吧
我跟着野牦牛的气息去找你

你披着山下的金莲花的味道,等我吧
我跟着春天里的细雨去找你

你唱着大海的歌谣随着溪水,流去吧
我变回海底的一块石头等你

风化的岩石打开胸怀的时候,你叫我
我骑着风马的背影去面见你

太阳啊!请你等等星星吧
她要跟上开花的时间

我只想在草原的宁静中
痛苦,收回体内

成人礼

若你要走,你要跨过大海走
一滴雨藏在心里,爬过大海

他是一头猪,一只鸡,一条蛇
她的心在转什么?用什么转?怎样转?

他是个老盲人,拄着拐杖走路
她的路走得像她的眼睛那么远

他在制造大小不同的陶器
她的一切像她制造的瓷器一般在变化

他是个猴子,他要踩过一棵棵树
她要借上一棵树的家,要听混乱的叶

他是一艘船,前面有条大河
她要走过的人要有好心,才能跑到岸上

他是一片空地,是一个空房

她有窗和门和碗筷和床,有人用才有用

他是一次吻,他吻在她心里
他俩慢慢生活在一起,爱在延续生命

他是一支箭,扎在他自己的眼里
她扎得越疼越想着自己,疼得越大

他是一杯酒,他让他要喝上他自己
她在倒酒,酒后她怀上了醉梦

他是一山森林,他站在森林里摘果子吃
她在不停地吃,要吃光她自己

他是一位母亲的肚子,他是子宫里的孩子
她在母亲的疼痛中,等待自己脱胎

他是一次希望,他是无数次希望
她从母亲的血中出来就哭,吃上乳汁还在哭

他是他自己的他,他是幼青中老四个体
她背着她的尸体走,她养着她们

他是痛苦的痛苦,痛苦的幸福在透支痛苦

她的心里，狂长着烦恼的根

他是烦恼的烦恼，烦恼的针扎养殖希望
她的心里，盛开着永恒的希望

他是一条路，他看着他自己走出一条路
她是所有的别人，都踩着她走

他的猪不睡觉，鸡不下蛋，毒蛇无毒
她小心谨慎地，抱着一个孩子在长大

他的尽头是座山，一束光，一扇门
她用母爱的最初，转着人的爱

若有一滴雨，能藏着信念
大海面前，路在往前生长

若可以，画上一头牛
挤一杯牛奶给我

月亮眨一下眼

卡在喉咙里放不出去的心
在溪水中逃难,在往身体里流
擦过每一寸云彩,月亮眨一下眼
每当她停下倾诉时
石板里下起雪,从石桥上,往月亮里下
在水沟里流淌。从我的体内
取出她的眼泪,放进冰雪中
封住月亮最美的一次痛点
石板开始在动,月亮也在动
她的胸口敲打着我的心
溪水还在往外流,从外流入的我
顺着所有水沟,看她走完玉龙雪山
左手举着一捧掉在地上的月光
如果你看到我,请唤一声:回家
在云层里藏身的雨,走出体外
把光装进心里。打开雨滴,你看到
铺在眼里的月光。打开我
你看到埋藏在心里的一片牧场
那是她和我之间有过的

一次轮回的经历
放开心,放开双眼,一步抓住她
没有激活舌尖的记忆
逃进种子里的月亮上,长着的她
是月亮和我的心窝

踩着一天的意外迅速走到胸口

雪走后,天空无法找到一朵云
没有眼罩,天撞伤了眼睛
风吹向石头的缝隙中。一声呼吸
压着我的胸口,做着急救的措施
那走过来的脚步声
踩着一天的意外迅速走到胸口
让我放开了一口气
人性的年龄哼着一段儿歌:
"妈妈大,孩子小
孩子大,妈妈小"
这一声奇特而放松的歌
顺着心里的河流又插入了胸口
无法闭嘴的牙齿中间
咬着三年过半的开关
解开了一盏灯

马背飞

马背上的他
拖着大地
追着雄鹰
飞向天空
马蹄叫醒的女人
追着他
飞向草原
对准的眼睛
经过的白天
在月光下
守着帐篷的纯洁
姑娘——
你的草原
喂给我的马
我们一起
飞完天

空间里

这座山通往哪里？
这条河通往哪里？
我是来自于这个身体

我用耳机听了，下在你身体上的冰雹
因为我怕打痛你的心
我用耳机，躲开房屋和灯光的设计

我用相机，把你分开寄存在很多相册里
这样你的美，不会聚集在一起
我也不会受到一次性的打击，并摧毁

这褶皱的脸，在今天的时间里
凝固在我的胸口，用鸡蛋般的冰雹
敲打着我藏好的田园

我不在远处，也不在近处
无处不在的我，等着
这些白而悲惨的痕迹被河水带走

这干巴巴的眼睛,虽然粘不上
破碎在玻璃上的你
这一刻,孤寂在清洗着我的心

你是,刚修复的一双
伤痕累累的眼睛。等太阳
擦出你的光,还你一个天

没有睡过的眼睛

吊在上空的路灯,在公路中央
偷吃我的影子。如果可以
留下我的酒杯,再斟满,和灯干一杯

高原的野牦牛,喝着江河之源
如果可以,我想把月光倒进嘴里
让自己变成一盏台灯

走在夜空的星星,盯着明月不眨眼
如果可以,我想借它眼睛一用
我想看,窗户外的星空下有谁

藏在梦里的姑娘,抓着我的心
不放,不弃。如果可以
我想带她去海上,搭个帐篷

不要问我何时醒来,我的一双眼睛
从没有睡过。扒开夜的盖子
让雪下在体内,我要找她的脚印

她是来自内心的家

在丽江,我看到了永忠的符号
永忠在我心里是永恒而不变的古老
在一个十字上挂着四个月牙纹
她来自绘画史上最古老的一种颜色
是东巴文字的底色
她从冈底斯山脉的岩画走起
变成了新娘走进家门时经过她的祝福
她寓意爱情的永恒
一个孩子找到母亲的身体
她给我留下了爱的胎记

我拔掉一根头发,穿过思念
让我痛说你,言短心长
我夜里晒着太阳,舌尖藏在肚子里
打开脑子,翻完大街小巷

永忠背着吉祥的长调往左边转
烟囱里生长的永恒和吉祥
像这里的天空般纯洁

她和丽江都来自这边土地的内心
她是长在骨头里的一朵金莲花
没有焊口的花瓣
活着不能凋谢我的心

心痛你是我的秘密

我理解,让你的生活建在我的心里
也不会变得更加灿烂
我知道,若你让我远离你的视线
你的世界也不会变得无趣
除了我的爱,你什么都有

我的心,轻得很空,美丽的刺
在眼里生长。喉咙里放不出冲动的呼吸
扣在天上的星星带着我逃跑
我舍不得,心痛你是我的秘密

山顶的雪,守着一棵吊不死的树
云朵给树枝打了结,诉说她的心情
受寒的语言,跑进胡同
躲在花丛中,抬着她的脚

水面上的指纹里,有她打开的天
还有等我的日夜双方,吼着一首水性的歌
她苍白有力,钻进我石头般的眼珠里

让我尝到泪的甜味,说出野蛮的温柔

抵达金府,站满了花草和她的家人
停下脚步。一滴雨
拉起我看,溪水拥抱过的她
笑出了我的心

一颗发烫的星空

一座桥,伸出手让我走过去
溪水带路的每一块丽江的石板上
有一轮月亮。推开乌云
看见被黑夜击碎的一束束黑色的灯光
撕开光,在石板下
闻到一颗发烫的星空
她扶着身让我坐下来
门前挂着我的脸
是她所有轮廓里的忧伤
丽江在往外流,夜在往外流
播放的大门在往内流
拖着爱情走红的一个母亲般的模样
打破眼睛,披上了我的心
还有暴力和无奈
她走过的石板和山谷
敲门的野心和微弱的语气
都在这里走动
爱着她,你会感到
一只飞完了日夜的鹰
守着一身她的热

吃 花

吃水，吃心的肉，吃脚趾尖的家
一滴眼泪大过于海的冲动
一只蝴蝶，撞开光，跳进花火中燃烧
味道扯破了她的翅膀
撞在玻璃窗上的夜，跳过灯光
打在心上。她吃着花，吃着奶的刺
拧长了的心，磨成粉
撒在所有毛孔里
大海冲不走，体内的花味
偏甜的嘴唇，缝上蜂蜜水
涂在石头上的油
钻不过胸口的气。晕乎乎的夜
长眠中起我的身

一句白

我点燃一桌光,和自己追问死亡的意义
夜说出一声迷茫而悲伤的心情
我开始醒来,寻梦。走在初次的眼睛里
时间像个轮子。胡须把生命
拴在呼吸的垭口中。承诺是忏悔
鸟吃了花的种子,它的体内是否有一座花园
我是一块被太阳晒亮了的石头
和太阳面对着爱。我和他对视一天
它远古的呼吸声,说出一句:
"人创作了自己。"我说:工作顺利
爱情像一辆卡车,撞开我
似乎在平衡法的规则中
审判着有爱的一方人

秘 密

秘密是逆转的幸福
炫耀活着看到美的痛处
一句话,痛到心头
传来的消息藏在冷风的背后
吹痛牙龈,头骨,舌根
在地上打滚。月亮跳下来
收缩影子。放长的河
破开大山往外流
在她的身体里往上流
眼睛是渡口。在秘境中
长出的每一滴水
像她的心破碎的声音
在浪花中无法缝合
幸福是逆转而来的秘密
一把火点燃海水
握住剩下的月

循 环

墨水的纯度分辨不出白的需求
我是我自己创造的一块石头
让我休息一下。让我放出一嘴的浓烟
画上山丘，小河，窗口，大门
用你脚底的废纸，做一架飞机，或者阳光
锁上我的四肢和大脑里的氧气
我只需要一台爱情的绞肉机，把我倒进去
把里面的怜悯和愚昧的态度绞出来
放进太阳的嘴里让爱吐出来
在磨平的心角上插入你的舌头
堵住黑暗里下着的牛奶
容不下我的时间在黄昏的害羞中发红
发白的头，睁大眼睛
缩小每一个骨节中的黎明
一片静悄悄的荒野中让我休息一下
蒙面的眼睛还给高尚
让我，驱逐身体

静净歌

我给你唱一段情歌
怜悯的小鹿啊
我唱给爱人的声音
若你在密林中听见
这声音让你结巴
我挤出所有思念
描述给春天的花朵
枝叶上堆满伤疤

现在,我苍白的声音
唱不出
一首歌,我告诉你

这里,格言和史诗也是歌
死人的时候,佛经也是歌

只要你静下心
你能听得见
石头唱给花朵的歌

比如，天空
没有鸟影时
用海螺吹一次死神之歌
秃鹫也飞来
听你

我捡到了她丢失的家

一个世界放大得看不见
就是看得见最小的你
最初的心情,站在低处
仰望这里最深的颜色
通过被挡住的玻璃
抢来一扇窗户,对着碧绿的蓝月谷
把自己摁进雪山的嘴里
冷暖相接,承诺嚼碎一块冰
挖个坑,把自己填进去
长成一座雪山的纯洁
对着感冒的镜头,大声喊出
自己强大的身躯给她
雪山眼里的蓝月谷
抛弃了走慢的时间
撒着她全部的微笑
冲动地往山下走
长在树上的氧气在饥饿的肚子里
凝成她的模样,背着一生的爱
她,从雪的身体里走来

从此,我决定,今天的时间
不叫时间。唤作她,因为
吃着花味的风,退回山沟里
隐居。将生出
一切爆美的爱

第四辑
大海是我用藏文写的加措

只要你静下心

你能听得见

石头唱给花朵的歌

冬天的性别

人总是不能想着自己要痛苦
这个冬天是个拥有雪骨的女人
她怀孕了；孩子没有岁月，跟着草长大
是世上最年轻的孩子。用手指摁上
曼陀铃上的第五根和第六根线
从头往下数，第十个空格，再往下三个空格
从心里放出声音，使劲说出体内的寒气
在石头里，燃烧火焰，气留在火里
每家每户的烟囱里逃逸自己的生活
那位拥有雪骨的女人身上流着冰块
她的孩子是个石头，是个男孩
他跳出母胎之前谁也不知道他是什么性别
带有风声的歌喉。每一个冬天
他抱着曼陀铃的肚子，给天唱起一年的胜利
让每一片睡在高原休息的土地
准备翻一次身体。她有草原，飞鸟
黄金，钢铁，煤，寒冰的血管
她的孩子有几条辫子，放在两边
长达几万公里，甚至越过大海

他有很多眼泪,流出太阳和月亮
往我体内,运输光明
链接大海和草原的原点
安静和孤独,需要你的空气
帮我晒在人群中

石头文

你可以轻轻触摸一下
请不要用脚踩
它的身体不属于你
因为它的体内流着太阳的烈火
怕烫伤你的心脏
它的嘴里含着月亮的寂寞
怕你无法接受孤独
它的心里除了仇恨
还有善良的引子
它是寂寞的身体
它是孤傲的图腾
它是一朵花的围栏、一座石碑
一条边界线的物证
它从遇见人们,生了火焰
就有了神话的背景——
一座石头的宫殿里
人们找到了一双眼睛
它是一尊佛像的母亲
只要你用心

石头里会生出一尊佛
你把它拿在手里
输入你的爱
它会递给你一个家

冈底斯山

梦攀升到阿里,一盆冷水
最底下的土里烧开。山水的根系
越看越清晰,明白,结巴,忐忑
身体在喘气,在干,在慢

我用人造的身体里
三十七年堆积成的冈底斯山
阿里的一张地图,石头的肉体
一扇缩小世界的时差

雪在地里长,往山顶长
心形的颜色,往地里钻
往河里流。下午三点
阿里的夜空像个平面的瓶子
里面装着星星的止痛药

失眠的一杯酒。在现实中
解释现实的神是一座有野心的山
坐在一片浪漫的空间里

坐在月亮桌边,摆着天空

身体的秘境中走过
这一片荒野。一个逃生者
神的口中,逃出来
慢慢在人间走

这里堆满了人的心
每一块石头都是一个人
带有不同的
一座冈底斯山

心里的冈底斯山风格
对换了自己

器 具

一块踌躇的石头
在一面墙壁的地基中
往上跳。木匠拿着斧头
磨成刀,切割自己的心
古老的荒原里
她们是成熟的一种景色
世界有一种兼职的能力
摆在凳子上,看见阴面
锅里的蒸汽发火
扒掉皮的牛成了鞋子
在地上跟着人动
牛在草丛里跟着生命走
鞋子是牛,活着的是牛
艺术家的手和那块石头
终究不属于活体实验
灵魂的存在中发芽的木匠
头顶的乌云里等着房屋的模型
从石头上开始,找出
一间房屋的门窗之后

建立在自己的手中
挂上了星星和月亮
除了白天之外都是人制造的
一桌不属于他的酒席
祭祀和仪式的标准

羌塘记

所有景色都在海拔四千六百米以上活着
云和风,在地上爬行
十年前,见过一位素食者
他除了害怕死亡,说不出怕死的原因

后来他开的素食店生意越来越好
在羌塘,关于他的故事也不能少于牛羊
冬虫夏草,脱皮的石头,杂草,身体的野心

十年之后,我的脚停在这座城市的下水道上
良心上,地面的温度上
十分钟后,这里要停留我户口本上的住址

天黑之前,我要卸下背包,拿出一块石头
摆在羌塘的任何一家宾馆的柜台上
写上自己的名字,换回平等的身份

我和那位素食者,在羌塘草原

明天,要成为素不相识的人

6230开头的身份证上的数字

与肉和素食者无关

大海是我用藏文写的加措

城市的眼睛,看着天空蓝色的海
干旱在嘴里的语境抓着心里的紧张
这座城市的心脏里,有长江,有黄河
有纳木错,有雄巴拉曲,有生活的咒语
它们入住海中,不分方向的大小
流进大海的门,不受人的区分
若你想去看大海,坐上"加措"的心里
这里没有生命的脆弱、虚伪、荒谬、愚蠢
如同惠安的石头,拥有大海的力量
若你怕世人说出闲话
你去海上生把火,我来负责温度
大海从不会说出没有张嘴的谎言

石头病

温泉里的石头说：她痛。人们挤压的病
还给蒸汽，绿草拿走。露珠和蝴蝶
喂给和地球无关的一个空间。飞去
屋顶的鸟屎，沙漠中变成了一朵花
摘下来，做药引。滚进肚子里
黄河在眼中绘画出一条上天的瀑布
病了的石头，不要看着地下的风
火山上的太阳烧开了水。是无病者

喝着大海透明的乳汁

在海边,风打着我的脸。触摸海底的心率
一步一步地在跳。有佛的地方,人比较轻
不会轻易踩踏人的影子。香火中闭眼的净峰寺
像我手中的汗,一根一根地在拔我的痛根
在海的胸口,惠安像个婴儿
喝着大海透明的乳汁。这里装满眼睛的天
比大海小,大海能冲走我的想象

诗策划

时间燃烧着迟到的脑子
我要开一家拥有飞机机身的餐厅
头等舱，商务舱，经济舱，驾驶舱
留下干净的空气。插上的花
一天更新一种颜色
窗户外摆上一座戴着云帽子的山
当作四季图。我童年的想象
当作礼物要送给拉萨的孩子们
一个位置一天接一次客人
为空姐和让飞机起飞的人们免费提供
旅行一次厨房的乐趣
时间定好，飞往一座城市的机场
收集一些航空公司的杂志
给客人共享天空铺在地上的冲动
一个套餐按照西藏航空的机餐
甜茶，酥油茶，咖啡，青稞酒
一盘咖喱饭。再加上
拉萨所有茶馆里坐满的
藏面，藏鸡蛋，炸土豆，肉饼

酸萝卜算赠送的菜
为了环保事业的开拓
每一位客人手里收取三块钱
当作垃圾清理费
要让碗筷活在手里飞
盘子里写首诗
武汉和宁波的飞机餐厅里
没有诗歌的盘子

笑回去

笛子吹着我的口哨,声音探寻
生活的走动。她抚养过坠落的爱情
撕裂和孤独围绕着一颗笑回去的心
热乎乎的。厨师的勺子里抓不住盐水
洗清的伤口里种上秋季的天际
在一片叶上看见烟囱里的云海
他们在大街小巷里忙着时间
汽车和维修工人,买家和贷款账单
在大脑里折叠成一架纸飞机
从声音里放出一张舌头
一天不停地刷新口水。智慧里长出
一滴没有经过身体的眼泪
沾上一张脸。天亮之前走回山谷里
等着锅里太阳笑回夜间

七号梦

梦中和那个男人抢夺自己
随后说好了做朋友
阴暗的天气里拿着一块板子
洗刷着北面的玻璃墙
一只飞在天空的猫在背后
追着手的移动,想摆脱它
咬了一口。忘记古人的记忆
多少天没有洗过月光
无数次叫来围绕梦的书简
心里有点累了。让我早点回来
洗净双手,紧紧抓住心情
一杯浓茶,敬下胃
把全部身体的健康种在
心灵的双胞胎身上
读完他们留下的书信
其中有句七号吉祥
八号十五号平安
一号和三十号聚在一起
让夜醒着陪我们

红风铃

每次我远远地经过那里
都会看见一个顽皮的小沙弥
他的诵经声里长着明亮的翅膀
从木窗格子里飞向天外

三十多年了
我还能看见自己当初的影子
看见一个不满十岁的孩子
剃度为僧。用十六年的时光
磨破了一双干净的眼睛

在石头和雪之间
在死亡和爱情之间
藏不住我的影子
在那里我攥过一把沙子
最后只剩下手指

现在经过这里
那些无人问津的风铃

向我挥手
仿佛遇见旧相识
有个声音对我说:
你是在那个年代
从佛陀身上
落入俗世的一粒尘埃

听雨说

夜里,雨下着黑色的星光
石头喝下脚印,走着醉醺醺的路
站在路口的倒影爬到树上
吸着透色的雨。粮食榨干后的酸味
泡在水沟里做着深呼吸
听雨说:醉酒的舌头破了天堂的谎言
倒在酒杯里的夜
冲在大地的波浪前
海是唯独经不起诱惑的耳朵
偷走了电话里的安慰
割伤的风,在海底的沙滩里
吹起我眼里的泡沫
炸响的裂痕,撕开了夜的衣服
几片叶子站在裸体的天空
看着肚子里的星群

骨头上的胃

走错的时间,站在门口
伸长双臂的丽江洗着身体
一把火种在锅底的相思菜里逃跑
赶到现场的人,在酒的空气中含着心
随手抓住的一大把时间
在一杯鸡尾酒里的柠檬片上
画上了一轮结冰的太阳
对着火锅里唱歌的蒸汽
一盘水性杨花的故事里
寻找着藏在一个女人脚下的大海
一块腊肉长在肋骨上
骨头长在胃里,让身体立志
走完大街时,嘴巴
坐在学芳小吃店的中间位置
喝着一瓶嗦呀啦啤酒
捂着眼中的白天
躺在装满瓶盖的星空里

没有说出来的羌塘

走过这里的人都说这里很美,加上发抖
发抖的牧人,确实在被动中发抖
这里的雪佩戴着寒风的绳索
绑着太阳。牧羊姑娘的头巾,红蓝灰白
带着花瓣的情侣口罩。看不见
唇膏的伤口。身穿 CK 香水的司机身上
没有被人说完的眼神。不远处
还有我的恐惧,像一台绞肉机
埋在黑土里的气息中寻找幸存的恐慌
藏羚羊的蹄子破开冰冻的土地
奔向黄昏外的安静。你会明白——
火车车厢里的灵魂没有抵达地面
之前我相信他们,带走了一片美景
羌塘的背后没有夏天。花,死草
当她一次次葬在书本时,她还有很多
葬不完的语言。透明的,直白的
像东知罗布手上的酒杯那么高贵的身份
证明着爱情。他的女人叫才拉
有三个孩子。一个母亲。四十头牛

牛角上撞过石头的痕迹处
有那调皮的大儿子不回家的习惯
每次逃过狗熊的偷袭,都说命好
雪中的熊掌里,每次有可怕的幸运
晨早起身的冷。穿过玻璃,火
穿过他们一家人的热情,抢走
我手里热喷喷的一碗酥油茶时
我想起在火车车厢里热乎乎的被窝
快餐。啤酒的泡沫。打火机的秘密
双层玻璃里面张开嘴巴的照相机
迟钝的角度,像一个口齿不清的人
说了酗酒的故事,没有说完
都摸着耳朵笑完了话的结尾
火炉边的牛粪。这里
最美的爱情和生命释放的象征
蔬菜和水果带到这里
不如一块肉的饥饿

故 事

睁眼悲伤的窗户里
站着一座山的顶
早晨的明珠山脉流着溪水
流着香火,流着人
心情退化的麻雀和鸽子身上
牛羊成群的一座大山
它们等着变成人的模样
院落里撒满的青稞粒
是古人留在田里的庄稼
想象一只鸟的肚子里
装着一个农民的田地
我流泪,我开心
煮熟的饭没有你我
都在用嘴巴吃上力气
干活。出门一步
思念内心。在那山顶
再出现一片雪地
双脚绑死在心里
要直奔自我

踩着拉萨河的身体
要打破一个安多人
过不了拉萨河的
愚蠢的诅咒

红 眼

从北京西路出发到大昭寺,十五分钟
到了八廓街。下水道改造的声音四处奔波
绕过冲赛康的时间。经过清真寺
八廓商城,邮电大楼,拉萨市实验小学
看见气象局菜市场门口堆积了
十年前的蔬菜,价格变高了
买卖的人群,变成了中年人
拿上二十块钱三斤的拉萨土豆
抵达自治区人民医院门口。在堵车
几辆出租车在医院门口像几个醉酒的人
摇摇晃晃地给乘客打开车门
从青年路喊着救命救命的一辆救护车
到了医院门口,生命被三轮车,自行车
电动车,私家车,公务用车,堵在外面
门卫大哥们摆着一脸的紧张和情绪在喊
让路。一瞬间,所有汽车在时间里压着油门
左拐右拐地朝着轮胎下着急的事情奔去
愿救护车里呼吸着恐惧的那个人早日康复
我走到林廓西路,遇见了一只红眼

停下电动车，低头等了三十秒
身后的汽车把全身的力气推进喇叭中
大声骂我说：你堵在我的绿灯前。
这一声喇叭跳过栏杆找来了。一群更红的眼
我让电动车停下呼吸，低着头
他把头伸到车窗外说：巴锅们[①]
停在我旁边的一辆电动车主人说：
这人也太急于表达自己是有钱人了
疫情结束，洪水减轻
一定要买一辆车。他这么着急
不怕死亡找他麻烦
大马路不会抓着你的命不放
我抬头，正好到了三十秒。都离开了
自己的情绪和三十秒的压力
我给自己说：安全第一
我又不是死神扔下的一块石头
不能朝着红灯砸过去

---

① 巴锅：是乞丐的意思。

江孜辫过曲典

她的心里攥着一堆人的心情
日光下她不敢袒露心里长着的一双手
一秒钟的尽头,掏出眼中的血色
是红土,是地名,是我的心
流入世界。额头上挂着黑暗中看不见的一束光
走到天空。声音建造了一间屋子
门口站着一个回家的孩子
咬着辫过曲典里的壁画上燃烧的火焰
数着十万张喜怒哀乐的脸说话的声音
在公元十六世纪的色彩和笑容的线条上
她看着1427年曲杰绕旦贡桑帕
起风之前搬迁到塔楼的伤口中去的背景
她从高处喊着近处的云朵。我。墙壁
堆在大山的嘴里,一个个说出独有的气质
她无法抓住眼里投射出去的光
现在眼泪不是唯一输送心情的隧道
日子粘在地上。看着被草料
深藏在一间屋子里的沉默
是泥土,是黄金,是时间近视的眼睛

最后走进带有阴影的树下
围着一脸沧桑的桌子
在盐巴和勺子搅拌的饥饿中
走到湖边。走到心里。拥抱
抓住了一个时空的复兴
多少年以后我的心头会不会
有一个空洞。会不会
有一个愤怒而满脸慈悲的
等了她六百年的
一扇大门开过的声音

马路集

你不怕我的电动车为你伤心
它是为我祈祷你不让我猜测的见证者
所有路过的阳光,在一杯咖啡中
像脱下夜的一轮明月
我的内心没有了黑夜的尽头
跑光了。再给我续上一个路牌
那温和的日子倒进杯子里给我
生活在咖啡和牛奶之间
把糖摁进凝血的身体里!拧开月亮
把夜的盖子打开,续上我的路
脚下的土地向我们心脏
供上羞涩的氧气,吃我一口
比谁懂转弯的冷角中
雨伞挡不住寒风的嘴脸
岩石上的地下停车场里
让我的电动车走开
它的灯光如同我回头的眼睛
穿过红灯和马路的近处
像一颗划过的流星

掉进了眼前的杯中
含着咖啡豆和糖块
在夜的路上
没有转向灯的我
撞破了夜

烧烤店里说的半夜三点

走过去只有一公里。一天走了三百多公里
把车堵在马路上等了三个多小时
越过雪山,湖泊,路上有过一次违章停车
看着牦牛想过它有几斤力气
牛角能不能戳破天空
李宏伟在左边拍照,吴雅凌在右边拍照
都不要在意左右哪边是空间
车里有一幢大楼,是图书馆
是活着的。在马路边一天捡圆石的司机
有时让气上头,有时笑得
把氧气罐都弄成无用
过了岗巴拉山之后慢慢往下走
心情一下掉在地上,在四年前的
时间和地点里骨折了一次
到了泽当,都吃着一双筷子夹的饭
都那么饥饿地到了这里
晚上去喝点小酒,找到了一家
四川的烧烤店,半夜三点之后
天醒来,酒没有醒

早上发生的事儿只有司机和
打扫卫生的人知道
司机为夜间的梦多消费了十五元
我爱死那一段日子了
每次接到家人的电话时
句句都走心！你看
跟谁走，很重要吧

八个男人坐下

围着桌子,酒杯在酒的外面跳动
花生米,稻草肉,一盘虫,一个女人
传送到醉酒的前后
是乱码的。我说"八个男人坐下"
一个是站着的,共九个人
八九不离十。总是有人打电话
接上电话就是十个人
从不离开圆点。被酒精涂在脸上的红
现在是临沂的底色
酒杯端在脖子和嘴唇之间
有一句笑话让你咽下酒
马拉和浦歌在桌子上绷紧各自的眼神
紧张着我喝酒的劲儿
我一站起来,孟醒石
在石家庄醒来。闫文盛
在太原听他唱起我最熟悉的语言
那夜我们在桌边看到
也果在盛慧的头上打开
一扇最亮的窗

我以为十三岁上大学的儿童天才
再也不会读出普通的声音
朗诵轩辕轼轲的诗
邢斌是最普通的激动者
简默好像在回味一篇散文
我没有打扰他的不热

敲窗的梦

这额头，像我摆在茶具上的石头
纹路都看透了我。用手捡回，用心抚摸
这些石头，如今在桌上的模样
一个比一个都成熟在我心里，使我紧张
若你要走，放下我的手，不要拉走我身体
心种在心里，看不见路，会倒下
夜间的小溪，在我身体里流淌着你的速度
天在近处看着我的脸，牙齿在发抖
风无法开口叫出经过她眼睛里的人
若你要走，不要回头看，夜里脱下的影子
不能让人看见悲观的床。水吃过的青草
在酒杯里，在桌上含着酒精的舌头
闻着窗前的花。夜雨走后，花在地上跑
若你要走，尽快走进我的心里
带走那片菜园。一杯热茶
当作清晨喝下吧！把身体再次当作
一种容器装下蓝天。爱情的骨头
再生出一个你，还给你自己
从此拥有房产，汽车，社会保险，酒吧

不要大喊大叫,这里的房没有窗户
我要睡进去。若你要走,带走你的梦
我害怕夜里敲窗的梦。双手和心脏之间
有我身体里的方向和重点
留下方向和呼吸,我舍不得

第五辑
没有落完的太阳里有一只羊

地狱是关不住孩子的
用铅笔拆开火的速度
回来吧！孩子！
妈妈是你的家

蘑菇火

天堂的门开了吗?孩子!
坐稳,抱住自己,火的速度极快
八月四日下午六点左右
贝鲁特城市模仿了广岛的蘑菇火
2020年在模仿死亡
放出去的鸽子,阳光下
像气球一样炸裂
和平的战火在死亡的渡口
推着太平洋的怒气
恶魔吃完了爱的身躯
挖好窗户的位置
对准光。寻回幸福的教室
地狱是关不住孩子的
用铅笔拆开火的速度
回来吧!孩子!
妈妈是你的家

阿妈萨

绘画在火焰中的太阳干了大半个
像条毛巾上的雨滴，吃不湿一厘米的干风
不能用针和线缝住边上的美
融合在蒸汽中的石头，抓着雄鹰的翅膀
越飞越低。烟囱里升空的白线
穿过了所有说完的语调。看着
童话书上寻找天梯的一双眼睛
一位屠夫的手里，有一滴刚杀完的鲜血
往善良的容器里流淌。阿妈萨
哭泣着疾病，泥石流，地震，荒灾
雪崩和暴风雨过后的日记里
钉在水里的月亮画上一张嘴巴
跌落的星星伸手，要我
脚下的阿妈萨。是灰尘，是地球
拿不出一样多余的东西
在可可西里的日落之地
一张卫生巾血淋淋地走在地上
喊着说：这是男人的血
手不敢把血淋淋的自己

埋在地下。若多少年后
血流进草里,动物吃了之后
狗熊会不会说人话

我不敢

你不敢让鸡蛋长出翅膀
你不敢让太阳带着黑暗
你不敢让那些圣人死去
你不敢让自己寻找饥饿
你不敢让屠夫变成好人
你不敢让母夜叉当圣女
你不敢让雨水流进屋里
你不敢让艺伎当社会家
你不敢让哑巴当演说家
你不敢让微信找你父母
你不敢让神做人的奴隶
你不敢让死亡当作客人
你不敢让罪人自我忏悔
你不敢让撒旦成为智者
你不敢让黑板当作镜子
你不敢让自己相信痛苦
你不敢让心脏变得透明
除了自尽，我都敢

悉达多说：自杀者

要接受五百次轮回中

不能投胎做人的代价

说 脸

长期在野兽的体内
失眠之后,男人女人
穿过神的墙壁逃跑
一张雪的脸铺在山顶
指尖从脸上一个个挤出的青春
都是带有血迹的
没有过仇恨的解读
风云再软,她有硬的时候
老了的心再次硬起的时候
雪根里复发的春天
来自石头,爱情,夜里
世界和时间的关系
火种到人的精华
面目变秃,眼睛偷走
脸上所有的原始
走出洞穴
收回的双手缩短
驼背的半人
看不到窗户的需要

脚步谦虚的人
一杯茶里看见脸之后
看着最低处的雪
想起最高的珠峰山顶
一朵云告诉野心说：
人永远老不完

没有落完的太阳里有一只羊

她是白。他是红。是死与活的皎洁
心脏放在空中像个小鸟
血液是我唯一能抓住它的线
逆境中动摇的脸上挂着一面镜子
人是被"气球"吹大的祷告词
她说一句话,能生出轮回的透明
胸口,吹爆了的灰烬
没有落完的太阳里有一只羊
救不完的家,喂给它。从此
地面上不会出现一把刀吃肉的声音
放飞的天,铺在他的脸上。救赎着
干燥的心情。生死之间有多少时间
我想卖掉所有的幸福
轻与重之间,悔改一分钟内
慢慢凋谢的我
红与白中的时间和地点中
有我内心的空间吗

内 外

不喜欢锁门。太阳在外面
粮食,蔬菜,水果,火柴都在外面
锁门等于给自己重提死亡的意义
水在外面。眼睛在外面
金字塔,奥林匹克体育场,罗马
布达拉宫,冈仁波齐,大雁塔
都在外面。木乃伊和尸体在里面
望远镜里的空间和核弹的芯片在里面
宫殿和一座座花园在外面
生活在外面。手表在外面
手术刀和胭脂粉在盒子里
兜里的思想和说不完的话在外面
月亮的皱纹在外面。植物在外面
羽毛和残雪上的夕阳在外面
水泥和钢筋的肤色在外面
头巾在外面。石像在外面
浮在水面的群星在外面
胶囊里粉碎的生命在里面
挂在风里的光线和彩虹在外面

路灯和一位孤独的女人在外面
头发和指甲在外面
私欲和丑陋的心在里面
血管堵塞的脂肪在里面
寂静和彷徨在外面
流浪狗和天在外面
监狱和天堂在里面
墓地和病床在里面
藏在佛堂中的一尊铜佛
在内外两处
守着爱心

再 等

等着下雨的人们过来
等着晒太阳的人们过来
等着下雪的人们过来
等着盛开花朵的人们过来
等着露珠吃梦的人们过来
等着爱情涅槃的人们过来
等着江河流尽的人们过来
等着种子说话的人们过来
等着窗户里抓风的人们过来
等着雄鹰掉地的人们过来
等着圣人跳进洞里的人们过来
等着报恩流泪的人们过来
等着远离贫困的人们过来
等着身穿长衣的人们过来
等着夜晚透明的人们过来
等着见证星空的人们过来
等着死亡沉睡的人们过来
等着陪酒杯子的人们过来
磨刀的人们过来

点灯的人们过来
死后不想下地狱的人们过来
想着擦去痛苦的人们过来
用刀打造佛珠的人们
经常习惯吃肉的人们
不要再等了，到这里
我们都不要再等了
小孩的眼睛很亮了

你的我
——致法国画家德拉克洛瓦

神吃掉的长眠,在画板上生长
自由女神的双手为他而高举群众的碗
过河的石头。站立的空气
太阳的声音调成了静音
站在一百元法郎上把世界卖给了红白蓝
三种颜色的欲望。给母亲送上了盔甲
给过河的泥沙清理了恨
用安多洛美达女神的婚纱
所有的女人嫁给了她们自己
天窗里凋谢的花朵在他的枕头上
骑着老虎,赶着船。用人父的名义
埋葬了十字军的痛苦
他的血液是五颜六色的神
手指上长着语言的牙齿
他咬断了河的骨头
软弱的线条里灌入了钢铁
他的笔尖,对着生命
脱下了神的衣服

风像一根牙签

风在牙齿间,缝上了伤口
没有能缝上疼痛。嘴唇上的裂口也在变大
唇膏在这里没有油脂
偏痛的头,骑在野驴的背上逃跑
可可西里无人区从此不是无人区
我打开了很多种嘴巴
山河,风云,荒野,石头,杂草
都睡着说话。在我的嘴边
唱着我的歌。在我的耳边
问候着来自公路的失眠
这里的风像一根牙签
钻进牙齿间的所有沙子和灰尘
吹到我的喉咙里,他的一部分
语言,让我带回拉萨
带回地下厨房的喧嚣中
如果你忘记它们委托你的事儿
你会收到欺骗的罪名
如果你理解他们要说什么
你是最不会说话的人

我只能用风的牙签
让病了的身体说完可可西里
拿出肚子里的一朵花
插在语言的瓶子里

昨天后的村庄

山跟着草木长
李惠的儿子洪扬跟着妈妈长
九区的房屋跟着心情长
两百年前种在山里的十万人
跟着财富的悲伤而长
昨天的村庄跟着今天长
蜜蜂的嗡嗡声跟着太阳长
鸡蛋的生命跟着石头长
鲁甸跟着龙头山的核桃长
花椒树跟着马路长
四通八达的时间跟着椒林鸡长
生活跟着烟囱长
电线跟着空气长
红旗跟着天空长
水跟着土地长
泪水练成肉体的家门外
蚂蚁背着一身的粮食
从昨天的大门里

生命在《废墟上的涅槃》
李惠,不要再哭了
你要用孩子擦亮眼睛

无法接通

2020 年 1 月 16 号,死亡喝了一口酒
一辆汽车,一位诗人
在醉了的马路上带着自己
深入草原的胸口,用死亡的盒子
藏了自己。一个孩子在哭泣
一个妻子睡在死气沉沉的夜里
守着被打扰的枕头,哭亮了天
无法接通的手机已经死了
从此他不会守着手机等我酒醉
听我切碎在夜里的心情
这八年的他像一头猛狮
在一条没有限速的公路上逃跑
放弃清晨和躯身
带走了一声傲慢的嘶吼
我的声音哭不出他的模样
这黑乎乎的一年过去之后
我们在尘世的喧嚣中
祭拜人间的你。世界
唯独熟透的是痛苦

心情甜茶馆

八廓街夏萨苏小箱子路
一张蓝色布上写着"心情甜茶馆"
里面摆着六张桌子
十二个长方形板凳
桌下有六个垃圾桶
桌上有四个烟灰缸
辣椒，醋，筷子，打火机
放在桌上的手。空间不到三十平方米
窗户和门装在一个空间里，对着外面
门窗边的人最白，太阳照在他的脸上
最里面的人最暗，暗处笑着白色的牙
A 巴桑旺堆老爷爷今年七十八岁
B 德吉卓嘎老奶奶今年七十六岁
C 问：你们这辈子经历了些什么
A 说：除了一次死亡之外都经历过
B 说：七十年是我们的生命
A 说：我们还能活多少年
B 说：这个就不给自己算卦了
A 笑了。B 笑了。C 没有笑

C 说：我们会活成什么样子
A 说：活出个水的样子
B 说：不要让自己干旱
地上有几张撕烂的餐巾纸跟着
来回的客人走动。上学的
小孩子给自己的父亲说：
爸爸！今天你没有抽烟吧
老师说：烟抽进肚子里
会炸碎我们的家

早上好！机器

起床洗脸，走出晚上
桌上的早餐消化着临时的心情
爬行的公交车里堆满了老人的脸
一位年轻人蹲在左边的车窗里
假装他的身体在睡眠中度过
醒在耳机里的音乐从他脑后传来失眠的痛
拐弯的太阳在他的面前
像个接生的孕妇，睁着肚子里的眼睛
跟着司机和修复过几次的北京中路的路况
摇晃中等着那个男人醒来
闭上的眼睛里还在唱着他的夜晚
大半的老人在鲁康公园站下了车
一部分要去小昭寺的路边摊
广播说着：各位乘客请注意安全
抓紧各自的眼神和自己的口袋
尊老爱幼是我们公交车的美德
让老人的拐杖变得年轻
让年轻人的心灵更加执着有力
下车时注意您在车上留下的

失眠和尊贵的模样

祝您上班愉快！上课愉快

欢迎下次乘坐！再见

正 面

这雨下的身体里积满了水
回家,晒在阴影里的太阳看着门
门口贴着一种安静的符号
如同一种力量的歌声
进门看到钢筋编织的一个笼子
里面的藏獒早已被释放
几朵花在院中停留着盛开的时间
围栏上有几滴拥挤的光
鞋子里走着一双生命
一只蝴蝶穿着云彩的混沌
风的衣服在窗口训练海浪的速度
几根草在水泥中续命
电动车的钥匙在模仿汽车的吼叫
书房里的维纳斯穿着婚纱
一位姑娘的手指间有一片大海
书本里的男生们带着很多疑问
花露水抓住了一只蚊子
手臂上有几个吃过血的痕迹
我的双胞胎兄弟在哭

正面的人戴着五百度的眼镜
几朵土豆花藏着她的身体
煨桑台上有一首古老的歌
麻雀刚吃完几粒米
把我粘回去,真好
是一个完整的水壶

下午诗

装满空的大门,走出门
一位老人在山的身体上修复着一条小路
拿着镰刀,每一根带刺的草木
切割成慈悲的模样,修到
跟随他的那个孩子的心里
太阳的移动中,老与小合成一体
走回满山的下午和我的眼睛
那条没有疑问的路,夜间
是维纳斯的两只胳膊

说今天

我摆一桌宴席,今天,现在,这一刻
我想请三个吉祥的人过来
让太阳神,荷马,格萨尔
罗宾汉等人守着四方的恐慌
我只想问他们一件事儿
为什么人类只要遇见一点难熬的事
就把自己放在第一顺位,闹得鸡犬不宁
这烦躁的一切来源,埋在饭桌下,很安静
除非谁的欲望激活了那些开关
今天,现在,这一刻,我要求他们
放过这些长在地球上的病人
除非我有多余的抗生素
能压制空气和生命的愤怒
否则,我就要问:江水的源头
到底属于谁的?大地的资源
到底属于谁的?天空的蓝色
到底属于谁的?生命的智慧
不属于谁来接管。我反对仇恨的一切来源
现在我要借一位钢琴家的手

唤醒孩子们的爱。他们要
在这里。治愈一切灾难之后
让太阳承诺
今天之后的一切安宁

2070 年

液体里的血液,注入阳光体内
凝固成厚厚的一片天。几根秆苗儿
举着露水,含着热火,不见下雪日
汽车不在冰层上打滑,轮胎的爪子
打个哈欠,充上电费,水费,日月费
父母费,爱情费。杀猪的失业多年
擦着玻璃上的眼泪。碗放在哪里?
不要买票的车站,火车站,机场
身穿指纹,血型,星座,对方的爱
在空气中输入密码。让人从海里
捞出验证码。对方的手臂和眼睛
都是机器,对方的心脏和大脑都是
人制造的幸福。他们在捡垃圾
捡自身丢失的生活和没有夜的眼睛
便秘的 2070 年,没有新年
没有新的微笑和新的痛苦之言
咫尺的他和她,被驱逐到太阳下
受着阳光和风的折磨

死了一个舌头

发现窗台上有时间挪动的摩擦声
躲在下水道里的老鼠缝着天气的伤口
人和想法之间,摆着一张没有舌头的嘴
被静音的新闻高喊说:
世界签下了停止核研制的协议
一张白纸说出了细腻的想法
制造出来的瓶子里有一个胃
等着喝上一口没污染的水
戴着墨镜躺在沙滩里的太阳
脱下恐惧的外套,在修炼幸福的程序
一堆数字抓着模拟的平静
推着日夜的齿轮。机器穿上了
城市的语言,越走越快
走开的日子找出一个长长的袖子
灯光和音乐中有很多走私的食物
在 2021 年的伦敦城里逃跑
我不相信英国公民约翰逊说:
他患上了新冠病毒的消息
聪明只能让人坐下休息几天

不要想多了你的脑子

城市拥有灯泡不到一百四十三年

不要偷看土里活着什么。休息吧

不要叫醒大海的愤怒

山上的太阳走了这么多年的路

没有走出昨天的自己

我们要如何咽下着火的日子

眼下的热,若吃完了水

我们只能在神话的睡眠中

让南极最冷的心

掏出来还给冬天

所有失火的森林

只能当作下了一场雪

开 门

月光敲着我的窗户说：孩子入睡吧
太阳敲着我的窗户说：孩子起来吧
但希望他们来叫我时，敲门进来
我去开门时外面已经天黑了
一群星星围着一颗长了尾巴的星星
像个猴子，在天空抢着人们的恐惧
带有火的尾巴，在夜里点火
老人们叫它扫把星，都看着它很担心
后来发生地震，泥石流，雪灾
再后来我在天花板上拍死了一只蚊子
我本想让它马上飞去。忍不住
它吃饱喝足后，吱吱作响
乱了我的睡眠。我忏悔，我祈祷
之后几天不停地下雨，像一根根细线
钻进土里缝补着绿草的面孔
我打开门，当风和空气走动时
天花板上有那只蚊子的死迹
从此我对死亡有敏感。开始去想
不留死迹的方式。从此

我开着大门,在日夜中变脸的
太阳和月亮当作时间的闹钟
等着,敲响门铃的光

牛肉白

挤出一桶牛奶,倒进锅里
让火慢慢进入身体之外的
晨色的乳汁中,再倒进另一个桶里
放在炕上较热的角落
盖上母亲或一个小孩的衣服
上面放把刀,阻挡丑鬼
这是一种习俗,据说刀能阻止
看不见的邪气。人总是要从这些说法中
拿到自己想要的东西
阿拉斯加的废墟还没有找到之前
再让一头公牦牛留下吃草的身体
释放它体内能忍受不说话的灵魂
牛角、牛头、牛舌、毛肚、心脏等
各种吃草用的耐心和忠诚以及爱
每一个部分都放进盘子里
拿几把刀,割下一块块被草
养育的食物摁进锋利的牙齿间
慢慢嚼碎。接着沾满好与坏的双手
打开酸奶的盖子,檀香木勺子

往天空洒上三次酸奶,给心里
说了几句忏悔和幸福的一面
剩下的倒进碗里;用舌头吃下
一碗酸奶。走进散懒的生活中
看着彼此的嘴巴。都睡着之后
梦见了一道最纯真味美的菜
天亮之后,一碗酸奶上
盖着几块牦牛肉。我叫它:
"牛肉白"。放下走出厨房
柴火没有吐烟的,才发现
味道和食觉像人们的内心
碗里的火焰如今无处不在
牛和牛奶在往白的方向走
走进了乳白的一束光

变 化

醒在死后的世界里，脱逃自己
悲伤的那边是家，是生命的故土
世界熟成麦子一样的时候
心里就没有痛苦。数数日子
就能抵达现在的时间中

第一年。老鼠出洞，不吃大米
吃房屋，吃恐惧。吓唬孩子罢了
后来，吓唬大人，吓唬时间
生了一群老鼠。肉体穿过人工建筑
闹得天下人记住，白天能痛

第二年。老牛出汗，不吃青草
吃过期的饼，多余的药水。三月开幕
有了种子的仪式，我们都
给天跪下，站着也算是跪着
只有老牛，有一对多余的角

第三年。老虎出林，不吃血肉

吃蔬菜和果实,血淋淋的肚子里
藏着身上的斑,跪着人,求着佛
吃饱了,家里养着天,养着鹅
一只老虎,等着月亮掉下来

第四年。兔子出山,不吃白菜
吃冰冻的肉。那白晶晶的尾巴
越来越长,像一只狗,一匹狼
吃着肉,说:还要喝牛奶
天下只有兔子白得过一匹狼

第五年。龙在二月醒,土在三月生
日子赶着牧,圈养在心上
妹妹笑着说,哥哥是条龙
龙头重,龙尾轻。妹妹看着你回家
天下一条龙,都信得过孔雀

第六年。引蛇出洞,不吃虫子
吃粮食上的梦。那柔软的身子
饲养在一座花园里,要放出来
请你把它关在一面镜子里,这
世界,没有办法容忍一条勒紧的腰带

第七年。骏马脱缰,不吃星光

吃着时间。卷起草原,搬到沙漠里
放生了马鞍,鞭子。路在地下移动
天空没有多余的雨水和残雪
跑不远的双眼,被困在原地

第八年。羊群离地,不吃花朵
吃着电视里的草原。干燥的天
种不出补水的青草。夜间它们
趴在夜空中找着另一片草原
地下室里,有一片蓝色的天

第九年。猴子下山,不吃玉米
吃月亮身上的虫子。深夜的丛林中
叫着人类的梦。挖出的骨头
像猴子的尾巴。跳起来
都可以当作翅膀,飞过一夜

第十年。鸡变了身,那个胖身体
啃着骨头。牙齿藏在肚子里,说出的话
有点悲伤。转过身
在庭院里晒着太阳,听着故事
说:没有了鸡心,谁喊贼?

第十一年。狗放出门,咬着自己

吃了一匹狼。哭着笑着,哀悼的
不再是纯粹的狗,一半是狼,哭叫的门
都锁上了半个,遗弃的钥匙
拴在心里,等着风吹醒自己

第十二年。猪上了天堂,身体
给人们吃。人们看着天梯上的猪
笑着。幻想中下了雪,湿透的眼睛
拿回来,放在盘子里,猪开始
养心,养命,等着变成人

雍忠拉顶

我从左边走过
还是从右边经过
都在那条河面上漂浮着
那时正值秋季
从废墟中找到自我的
每一粒青稞都在等待
藏回粮仓的归宿

貌似走累了的我和一座座山
也在准备休息一段时间
那些被人们站立了很久的石碑
在猪圈中找回的生命
都像从前一样看着
围攻他们的所有时间的面孔
大多是自己的孩子

从原始的地平线开始
算算岁月,这里是
老了许久的一片土地

每次时间醒来之前
这里有一次更新的方式
她们是女人,是妈妈
孩子们照顾得很好

雍忠拉顶是一个人
是片土地,群山
从没有断过火焰的灶台
烧了千百年的生命
是一位嘉绒的母亲生育的
经历和全部的爱

我从左边转过
还是从右边绕过
都在那座山的脸上
记得清晰
除了皇帝的御旨
都在这里毫无炫耀地
双手扶着
这片土地的命

曲中门

容易哭出声的泪
抵挡不住风,它是空气的一部分
带有水的身体,吃上一口
缓一下跑空的心神
驾上语言的马车,发现
周遭有四位黑衣骑士
中间有一位黑衣骑士
左手举着棍棒,右手抓着套索
头顶有一枚黑宝石
三界挂在脖子上。左右跟着
两只黑羊,两只黑鸟。其身后
还有一位手拿黑棍的骑士
飞越天空的九种鸟类
跨越空界的九种诸神
钻入大地的九种动物
每一种都有十个。都背着食物
黑色的线,指认黑色的路
白色的线,指认白色的路
太阳出门时擦掉黑色的身体

一块白色地毯上摆放一个木箱
插入一支带有神鸟羽毛的箭
挂上一块银色的丝绸
系在红绳上的一颗绿松石
一面镜子,一只羊腿,看着脸
唤一次魂魄。叫你想好的一位属相
把你的魂魄领回家
孩子,灼热的精神
明亮的慈悲。发生的爱情
围绕着你的快乐
不能留下身体的空盒
请你骑着风马回来
听到我的呼唤回来
看见父母速速回来
想起妻儿转身回来
闻到田地和粮食,记住
顺着家门回来。心灵近视
人是一张哑巴嘴
眼睛抓不到心跳的声音
脚跟朝心走不完尘世
孩子,回家!天盖不住
你的名字。地藏不住
你的模样。家有父母
爱人,孩子,亲人,朋友

溪流和你喜爱的被窝
一匹白马等你骑回来
一桌烈酒等你喝出生命
一套衣服等你走路
一村父母等你回来笑
摸不透的诱惑和贪心
读不懂你内心的恐惧
抓不住的时间
成不了生命的容器
你是家族的一员
人群的一员。回来吧
孩子，回到你的肉体
夺回你自己

孩 子

孩子！你名字的含义
来自于祈祷；是你父亲的意思
给你的心灵注入慈悲，是想给世界
奉还一次缓解。不要给别人秀你的苦
1970年，被风烫伤的口号中
有句话："要爱情，不要战争。"
你的身骨里不要养育卑贱、嫉妒、仇恨
以及纤弱的一颗心。生你养你的人
早已放弃了这些不属于爱的细胞
孩子！我的舌头上有一座冰山
那是太阳的最后一个落脚地
你说话要说出自己能说的最简单的话
不要轻易给自己提交一轮太阳
夜里看清白天，心可以等候语言的发展
若你抬不起头，心里要立起一盏路灯
走路弯弯的血管里都是人的影子
你不能走回，身穿野蛮私心的时间
南极冰层下起身走路的那些生物
如果赶走了属于冰的光芒

让她们住在这里。我们继续要理解
万物供养的源头在大地的脚下
连同我们的存在共同面对幸福
孩子！你要理解，我拿的这张卡里
没有一间房子，但画满了人的故事
上面有你最小的模样和花丛中的香味
不要一步走完所有的困境
不能踩碎小草和露珠、自家门、文字
虽然那些东西不属于你一个人
但也有你的一部分气息。孩子
你打过结的那一行语言在谁的心里
今天最不要伤心的文字都在笑
突然我内心的雨季结束了
树叶上裸着身体的阳光相互给着拥抱
问我："生我的时候你有没有准备"
我说："生我的时候我也没有准备"
孩子！今年是一朵花的本命年
和你一样大，有一米七九的身高
九十公斤重。疫情之后
谁都不会忘记，这鼠年的敲打
这热起来的冰雪是天气的心态
是通往所有结局的变化
水的心脏上长出的绿叶
如同你的手里有一轮太阳

孩子！扣在天上的那只白眼里
有你老了半个的模样
你要记住，我为你取的名字

图书在版编目（CIP）数据

掉在碗里的月亮说/沙冒智化著. -- 北京：作家出版社，2021.11

（中国少数民族文学之星丛书·2021年卷）

ISBN 978-7-5212-1535-9

Ⅰ.①掉… Ⅱ.①沙… Ⅲ.①诗集-中国-当代 Ⅳ.①I227

中国版本图书馆 CIP 数据核字（2021）第 188430 号

掉在碗里的月亮说

作　　者：	沙冒智化
责任编辑：	史佳丽　李亚梓
特约编辑：	刘　皓
装帧设计：	孙惟静
出版发行：	作家出版社有限公司
社　　址：	北京农展馆南里10号　　邮　编：100125
电话传真：	86-10-65067186（发行中心及邮购部）
	86-10-65004079（总编室）
E-mail：	zuojia@zuojia.net.cn
http://	www.zuojiachubanshe.com
印　　刷：	三河市北燕印装有限公司
成品尺寸：	152×230
字　　数：	80千
印　　张：	14
版　　次：	2021年11月第1版
印　　次：	2021年11月第1次印刷
ISBN	978-7-5212-1535-9
定　　价：	42.00元

作家版图书，版权所有，侵权必究。

作家版图书，印装错误可随时退换。